Teratai di telapak tanganku

Karatala Kamala

Translated to Indonesian from the English version of Lotus on my Palm

Devajit Bhuyan

Ukiyoto Publishing

Semua hak penerbitan global dipegang oleh

Ukiyoto Publishing

Diterbitkan pada tahun 2024

Konten Hak Cipta © Devajit Bhuyan

ISBN 9789362697424

Seluruh hak cipta.

Tidak ada bagian dari publikasi ini yang boleh direproduksi, ditransmisikan, atau disimpan dalam sistem pengambilan, dalam bentuk apa pun dengan cara apa pun, elektronik, mekanis, fotokopi, rekaman atau lainnya, tanpa izin sebelumnya dari penerbit.

Hak moral penulis telah ditegaskan.

Buku ini dijual dengan syarat tidak boleh diperdagangkan atau dengan cara lain, dipinjamkan, dijual kembali, disewakan, atau diedarkan dengan cara lain, tanpa izin terlebih dahulu dari penerbit, dalam bentuk penjilidan atau sampul apa pun selain dari yang terdapat di dalamnya. diterbitkan.

www.ukiyoto.com

Buku ini dipersembahkan kepada Śrīmanta Śa ṅ karadeva dan semua orang yang hidup di seluruh dunia, yang percaya bahwa jiwa anjing, rubah dan keledai juga adalah Tuhan yang sama, Rama

(Kukura Shrigalo Gadarbharu Atma ram, janiya xabaku koriba pranam)

"Tuhan Yang Maha Esa tetap tinggal bahkan di dalam jiwa anjing, rubah atau keledai,

Mengetahui hal itu berarti menghormati semua makhluk hidup."

- Srimanta Sankardev (1449-1568)

Isi

Kata pengantar 1
Teratai di telapak tanganku 3
Agama Sederhana Sankardeva 4
Agama satu pengajuan 5
Sankardeva harus kembali lagi 6
Dalam agama Sankardeva 7
Ambillah sampah di Sankardeva 8
Para murid mengunjungi Sankardeva 9
Guru Semesta Sankardeva 10
Emas Assam 11
Brindavani bastra (kain) karya Sankardeva 12
Raja hati 13
Keberangkatan Sankardeva 14
Kaki Dewa Siwa 15
Agama dalam cengkeraman uang 16
Doa 17
Uang 18
Badak Assam 19
Pria 20
Lembah yang optimis 21
Assam yang Berkembang 22
Hindari alkohol 23
Perang 24
Kerja bagus 25
Tidak ada seorang pun yang abadi 26
Festival warna (Holi) 27
Chital 28

Musim festival 29
Usia 30
Cintai ibumu 31
April 32
Dasaratha (kisah Ramayana) 33
Bharata 34
Laksmana 35
Laba (Putra Rama) 36
Mencari Tuhan 37
Kereta jalan yang jujur 38
Jaga pikiran 39
Jangan buang waktu 40
Sakit pikiran 41
Perawatan tubuh 42
Jalan-jalan anak-anak 43
Humor Madan 44
Coco si pesek ajaib 45
Angin 46
Herbal alami 47
Takut pada pikiran 48
Takut pada pepohonan 49
Politik pergantian partai (di India) 50
Warna baru 51
Bertemu di kehidupan selanjutnya 52
Penindasan 53
Pendeta 54
Biarkan matahari terbit 55
Bharata, cepatlah 56
Cintai semuanya 57
Tom, kamu mulai bekerja 58

Pada saat kematian	59
Burung pipit rumah	60
Gemerlap uang	61
Bersiaplah untuk bekerja	62
Kehidupan yang sukses	63
Assam Emas	64
Lilin	65
Kerajaan Awadh	66
Beludru	67
Bulan	68
Kelinci	69
Pertengkaran	70
Badak, melawan untuk bertahan hidup	71
Gelombang sungai	72
Nyamuk	73
Ahli nujum	74
Usia enam puluh	75
Ibu yang tidak membusuk	76
Assam tercinta	77
Balsem cinta	78
Informasi rumah dan keluarga	79
Uang datang melalui kerja keras	80
Banteng	81
Amarah	82
Tiupan panas, tiupan dingin	83
Hoitas toitas	84
Cinta dan kasih sayang tahun baru	85
Cuaca Assam selama bulan Maret-April	86
Cinta bulan April	87
Dunia yang aneh	88

Cinta ibu 89
Awan 90
Penyalahgunaan 91
Pada suatu ketika 92
Cinta yang tidak berharga 93
Pemerintahan berkelanjutan Ahom selama enam ratus tahun ... 94
Saya akan sukses 95
Pohon bunga yang terbakar 96
Orang Arab 97
Hutan 98
Khaddar (kain khadi) 99
Parfum Assam (minyak Gaharu) 100
Banjir 101
Buah Kerja (Karma) 102
Kecemburuan 103
Semuanya akan berjalan seperti biasa 104
Kura-kura 105
Gagak dan rubah 106
Temukan solusi Anda sendiri 107
Tidak ada yang akan menarikmu 108
Cemburu, Cemburu, Cemburu 109
Kematian dan Keabadian 111
Saya tidak tahu tujuannya 112
Kemana uang hasil jerih payah kita hilang? 113
Si luwak 114
Berkat Tuhan 115
Lebih baik, menjadi kayu mati 116
Saya hidup dengan zombie 117
Dan hidup berjalan seperti ini 118
Patah hati 119

Teknologi yang Tak Terbendung 120
Ketidaksetaraan jenis kelamin 121
Suatu hari nanti, tidak akan ada langit-langit kaca 122
Tuhan tidak tertarik dengan rumah doanya 123
Tentang Penulis 124

Kata pengantar

Srimanta Sankaradeva lahir pada tahun 1449 di Bardowa, terletak di distrik Nagaon di Assam, bagian timur laut India, terkenal dengan teh dan badak bercula satu. Sankaradeva kehilangan orang tuanya pada usia dini dan tanggung jawab membesarkan anak tersebut berada di tangan neneknya, yang melakukan tugas ini dengan sangat mengagumkan. Bahkan di usianya yang masih muda, Sankara menunjukkan kekuatan pikiran dan tubuh yang luar biasa. Banyak kejadian supernatural juga terjadi sekitar masa ini yang membuktikan bahwa dia bukanlah anak biasa. Komposisi pertama Sankaradeva, yang ditulis pada hari pertamanya di sekolah, adalah puisi *karatala kamala kamala dala nayana*.

"কৰতল কমল কমল দল নয়ন।

ভব দব দহন গহন-বন শয়ন॥

নপৰ নপৰ পৰ সতৰত গময়।

সভয় মভয় ভয় মমহৰ সততয়॥

খৰতৰ বৰ শৰ হত দশ বদন।

খগচৰ নগধৰ ফনধৰ শয়ন॥

জগদঘ মপহৰ ভৱ ভয় তৰণ।

পৰ পদ লয় কৰ কমলজ নয়ন॥

(Karatala kamala kamaladala nayana

Bhavadava dahana gahana vana sayana

Napara napara para satarata gamaya

Sabhaya mabhaya bhaya mamahara satataya

Kharatara varasara hatadasa vadana

Khagachara nagadhara fanadhara sayana

Jagadagha mapahara bhavabhaya tarana

Parapada layakara kamalaja nayana)"

Keunikan puisi ini adalah seluruhnya terdiri dari konsonan dan tidak mengandung vokal selain yang pertama. Sejarahnya, Sankaradeva ditempatkan bersama di sekolah dengan siswa yang jauh lebih tua yang diminta untuk membuat puisi. Dia mengikutinya meskipun dia baru mempelajari vokal pertama alfabet. Hasilnya adalah sebuah puisi indah yang didedikasikan dan menggambarkan sifat-sifat Sri Krishna. Srimanta Sankaradeva dianggap sebagai bapak kehidupan sosial budaya Assam. Ia juga salah satu nenek moyang yang memodernisasi bahasa Assam yang berasal dari bahasa Sansekerta.

Srimanta Sankardeva juga merupakan salah satu reformis sosial dan agama terbesar di India. Ia mempelajari semua filosofi agama yang tersedia di India selama abad ke-15 dan menyebarkan sekte baru agama Hindu yang disebut Eka Saranan Naam Dharma, bebas dari ritualisme Hindu. Dia menentang pengorbanan hewan atas nama Tuhan, yang lazim dalam agama Hindu. Ia juga menentang sistem kasta dalam budaya Hindu dan mencoba mengintegrasikannya di atas kasta dan keyakinan. Kata-katanya yang terkenal "Kukura Shrigala Gordoboru atma Ram, janiya sabaku koriba pronam": artinya *anjing, rubah, Keledai, jiwa setiap orang adalah Rama, jadi hormati semua orang*. Hal ini sudah jauh menjangkau humanisme dan seruan kemanusiaan seperti sabda Yesus *"benci dosa, bukan pendosa"*.

Mengikuti jejak yang ditunjukkan oleh Srimanta Sankaradeva, saya mengarang tiga buku puisi dalam bahasa Assam, yaitu "Karatala Kamala", "Kamala Dala Nayana" dan "Borofor Ghor" tanpa menggunakan kar, simbol vokal, yang lazim dalam bahasa-bahasa India yang dulu. berasal dari bahasa Sansekerta. Buku "Teratai di Telapak Tanganku" ini merupakan terjemahan dari buku saya "Karatala Kamala" yang ditulis dalam bahasa Assam. Tidak mungkin menerjemahkan kitab ke dalam bahasa Inggris tanpa menggunakan huruf vokal sehingga penerjemahan dilakukan dengan tetap menjaga semangat dan tema puisi aslinya tanpa mengganggu makna intinya. Semoga para pembaca menyukai buku puisi ini dan dunia mengetahui tentang ajaran dan cita-cita Srimanta Sankaradeva.

_____Devajit Bhuyan

Teratai di telapak tanganku

Di bawah pohon bunga bur, Sankardeva sedang tidur
Sinar matahari menyilaukan wajahnya
Raja kobra menyadarinya, dan mengira sinar matahari mengganggu Sankar
Ular kobra turun dari lubang pohonnya dan memberi bayangan
Ketika teman-teman dan orang-orang terdekat melihat ini, semua orang tercengang
Sankardeva harus mendapat berkah surgawi dari Tuhan
Dan dia menulis puisi pertamanya sebelum mempelajari alfabet lengkap
Orang-orang menyukai ayat-ayatnya dari hati dan mulai memuji
Namun banyak pertanyaan yang dilontarkan para pendeta yang melakukan pengorbanan hewan
Raja memerintahkan untuk membunuh Sankardeva dengan menggunakan gajah untuk menghancurkan tubuhnya
Namun dia lolos tanpa cedera dengan rahmat Tuhan
Selama lebih dari satu dekade, Sankara mengunjungi tempat-tempat suci untuk menimba ilmu
Dia kembali dengan pencerahan, menyusun beberapa syair abadi dalam bahasa Assam
Teratai di telapak tangan saya masih dicintai oleh masyarakat Assam, sebuah karya yang abadi
Ajarannya tentang cinta universal dan persaudaraan, menjadikan Assam kaya raya.

Agama Sederhana Sankardeva

Agama dunia adalah cinta
Jalan menuju cinta adalah kerja baik, bukan gesekan
Ketika pikiran murni, jalan menuju cinta menjadi mudah
Bersikap sederhana dan mencintai segala sesuatu adalah agama yang baik;
Dalam kemarahan, agama dan jalan menuju cinta terhenti
Kita selalu mengatakan agama orang lain itu panas dan buruk
Jangan pernah menghormati dan menoleransi pandangan orang lain
Akibatnya, agama menjadi alat kebodohan dan penindasan;
Cinta semuanya sederhana dan mudah diucapkan, namun sulit diikuti
Jadi, ajaran agama ini tidak pernah menyebar seperti rumput liar
Orang-orang melakukan ziarah keagamaan dengan nafsu dan keserakahan
Tapi agama Sankar Deva mudah diikuti, tidak ada yang Anda perlukan;
Alkohol bukanlah jalan menuju keselamatan, atau membunuh hewan yang tidak bersalah
Ketakutan dan keserakahan bukanlah kereta kerja dan tujuan hidup
Hanya cinta dan cinta semuanya adalah anak panah agama yang benar
Uang, keserakahan, kebencian dan kekuatan otot bukanlah jalan menuju kepuasan
Dalam kata-kata Sankar Deva, berdoa tanpa keinginan memberikan keselamatan.

Agama satu pengajuan

Melalui kloning dari tubuhnya, Tuhan menciptakan manusia
Kita harus menyerahkan hidup kita kepada Yang Maha Kuasa
Mari kita doakan dia dengan bunga teratai di kakinya
Panah waktu berhenti pada keinginannya dan semua kehidupan berakhir;
'Bharata' saudara laki-laki Dewa Rama lahir di rumah raja Dasaratha
Rama menunjukkan jalan cinta, rasa hormat dan pentingnya komitmen
Diwali, festival cahaya dirayakan sebagai kemenangan kebaikan atas kejahatan
Rama kembali ke rumah menghancurkan Rahwana, simbol kejahatan dan amoralitas
Kebenaran yang ditegakkan, supremasi hukum dengan keadilan, kepercayaan dan kasih sayang terhadap semua pihak
Ajaran Sankar Deva, pemuja Rama juga sama, sayang semuanya
Masyarakat Assam masih mengikuti jalan yang ditunjukkan oleh Sankar Deva hingga saat ini
Iblis kasta, keyakinan, kebencian agama tidak diterima di negeri Sankar Dev
Melalui ajaran dan sistem doanya, agamanya menjadi mencerahkan.

Sankardeva harus kembali lagi

Sankar Dev harus kembali lagi ke Assam untuk mengajarkan prinsip agamanya

Rasa sakit dan perpecahan yang menyertai kemajuan, hanya bisa dia hilangkan

Gulma diskriminasi agama, sosial dan gender yang tak terlihat di negerinya

Hanya ajarannya yang mampu melenyapkan kebencian dan perpecahan dalam masyarakat manusia

Kehadirannya akan menghilangkan sebagian besar penyakit masyarakat Assam dan India

Sankardeva harus kembali dan Assam harus bersinar lagi di dunia

Sistem pembaptisan dan pemuridannya akan menjadi global

Pola pikir masyarakat akan berubah, dan persaudaraan akan tumbuh subur

Kuil rumah doanya, "Namghar" akan bermutasi ke tingkat yang lebih tinggi

Perbedaan dan pertengkaran atas nama penafsiran agama yang remeh akan hilang

Pola pikir masyarakat Assam akan terbuka, lebih luas, dan masyarakat akan mengintegrasikan masyarakat

Lingkungan sosio-kultural dunia tidak akan pernah melihat awan hitam pekat perpecahan.

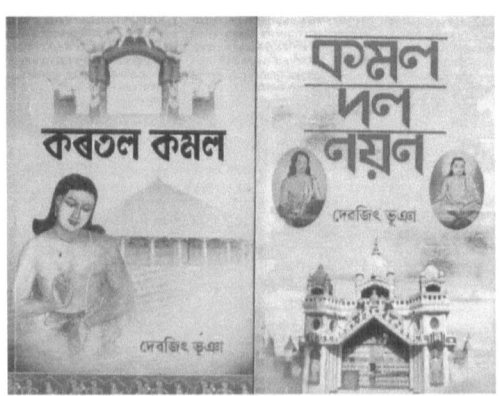

Dalam agama Sankardeva

Marilah kita menaruh teratai di kaki Sankardeva
Mari kita jadikan muridnya secara global
Agama Sankardeva sangatlah sederhana
Ia berkata bahwa Tuhan itu unik dan tidak dapat diungkapkan dengan kata-kata
Tidak perlu mengorbankan ciptaan Tuhan sendiri demi keberkahannya
Berdoalah kepada Tuhan dengan pikiran murni dan itu sangat sederhana
Tuhan ada di mana-mana dan berdoa kapan saja, di mana saja
Tidak hanya mencintai tetapi juga seluruh dunia hewan adalah agama yang benar
Jadikan pikiran Anda berani dan berbuat baik, Anda akan menjadi tercerahkan.

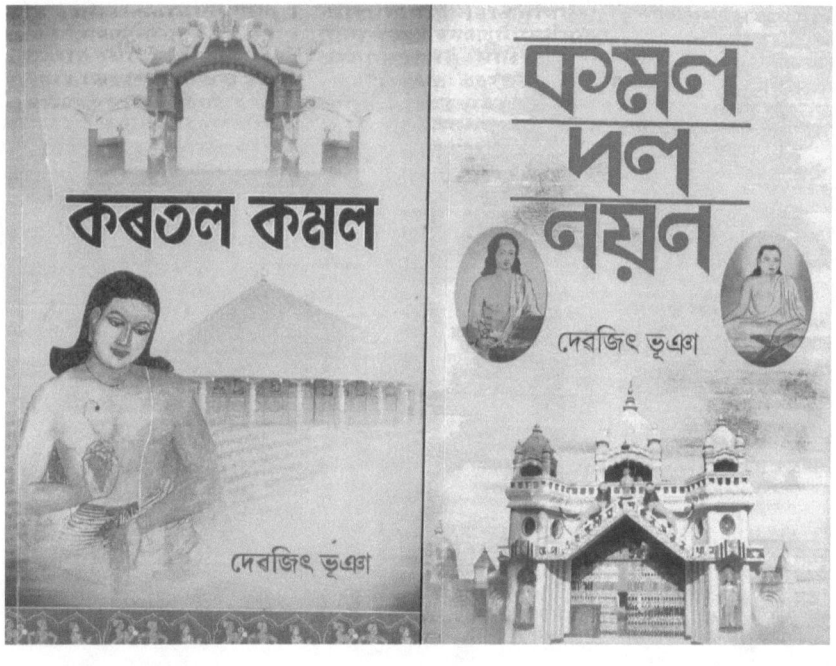

Ambillah sampah di Sankardeva

Pikiran selalu tidak stabil dan berubah-ubah
Untuk mengatasinya, jalan Sankar sederhana saja
Di masa tua, baik uang maupun kekayaan tidak akan memberikan kedamaian
Anda harus berjalan sendirian, meskipun berada di dekat pantai yang ramai
Tidak ada anak muda yang tertarik untuk berbicara, bahkan di rumah Anda sendiri
Dan kepedihan pikiran akan bertambah berkali-kali lipat
Mengapa menjadi beban bagi orang lain di hari-hari terakhir kehidupan
Berdoalah kepada Tuhan dengan pikiran terbuka dan keinginan apa pun dari hati
Tentu saja, teks-teks Sankar akan menunjukkan jalan bagi pikiran yang berubah-ubah menuju keselamatan.

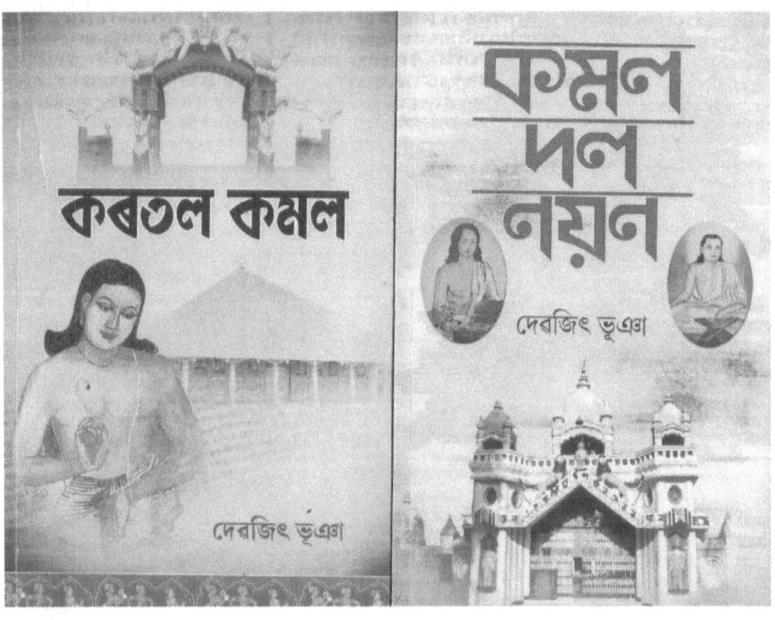

Para murid mengunjungi Sankardeva

Teratai di tangan
Sabot berjalan kaki
Suara 'khot khot'
Menandakan kedatangan Sankardeva;
Para murid menjadi senang
Keinginan mereka untuk bertemu Sankardeva terwujud
Sankardeva tampak seperti matahari yang cerah
Para murid terkejut melihat cahayanya
Dari mulut mereka, doa mulai mengalir
Mereka menyentuh kaki Sankardeva dengan kenikmatan surgawi
Kehidupan para murid menjadi sukses
Sankardeva membaptis mereka ke dalam agamanya yang modern dan sederhana
Perlahan-lahan ajaran Sankardeva menyebar seperti api yang liar
Langit, udara dan rumah-rumah Assam mulai melantunkan syairnya
Sosial budaya Assam mengambil arah baru.

Guru Semesta Sankardeva

Sankardeva adalah Guru universal bagi umat manusia
Dia adalah simbol kebaikan, kesetaraan dan spiritualitas
Tidak ada seorang pun yang setara atau akan setara dengannya
Hanya beberapa orang sezaman dengan Sankardeva yang dapat dilihat
Tulisan satu Tuhan, satu doa dan persaudaraan disebarluaskan
Kegelapan pikiran manusia dengan cepat lenyap
Orang-orang yang serakah dan kejam mendapatkan kembali kesadarannya
Sankardeva adalah penulis drama dan sutradara terhebat sepanjang masa
Dramanya menyebar dengan sangat cepat dan menjadi tulang punggung kebudayaan Assam
Visi Sankardeva tidak hanya terbatas pada manusia saja
Ini mencakup kehidupan setiap makhluk hidup di planet bumi ini
Sankardeva, Dewa Bapa berkebangsaan Assam selamanya.

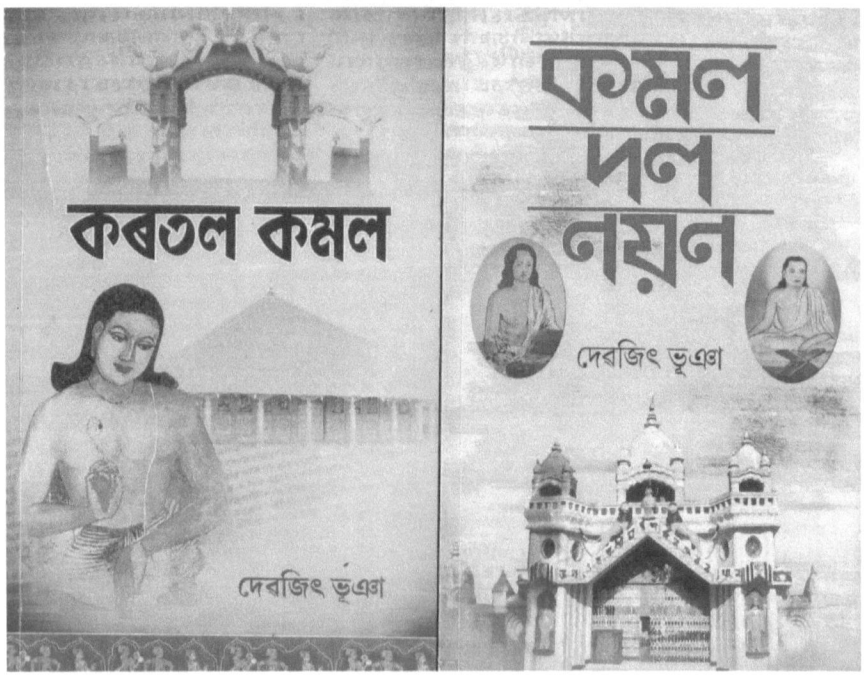

Emas Assam

Rumah Hazarat berada di negara Arab
Parfum sangat disukai akal dan agamanya
Agama baru lahir di Arab Saudi, Hazarat adalah nabi
Agama ini meninggalkan penyembahan berhala dan hanya menyembah satu Tuhan
Agama baru yang bersifat non-ritual dengan cepat menjadi populer
Ibadah haji, menjadi ritual tahunan
Pertengkaran dengan agama lain segera dimulai
Perang pecah karena intoleransi beragama
Masyarakat dunia sangat menderita karena konflik agama
Orang-orang dari dunia non-Arab menyalahkan Muhammad atas penderitaan tersebut
Sankardeva berkhotbah tentang persaudaraan dan cinta universal antara semua agama
Penganut Islam pun menjadi muridnya
Tidak ada perang salib atau konflik agama yang terjadi di Assam
Masyarakat bergerak maju dengan kerukunan komunal
Sankardeva membuktikan dirinya sebagai Emas Assam.

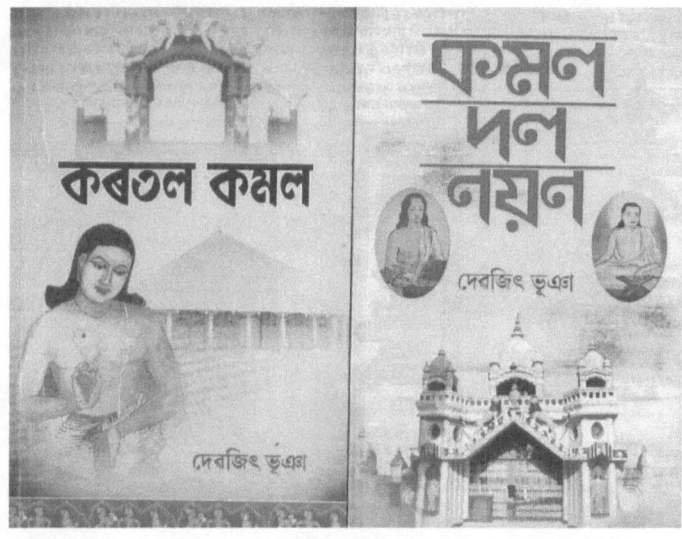

Brindavani bastra (kain) karya Sankardeva

Bersama murid-muridnya, Sankardeva mulai menenun kain monumental
Setiap orang yang berpartisipasi dalam penciptaan mahakarya merasa senang
Kisah Sri Krishna digambarkan dalam selembar kain ini
Seluruh dunia tercengang melihat keindahan bastra Brindavani
Sepotong kain unik ini menjadi mahkota industri penenun dan tekstil Assam
Kadang-kadang, Inggris datang ke Assam dan menjadi penguasa
Bastra Brindavani dibawa ke London
Ia masih bersinar di British Museum sebagai kejayaan Sankardeva dan penenun Assam.

Raja hati

Bagi masyarakat Assam, Sankardeva menjadi raja hati yang baru
Di cakrawala Assam, ia terbit bagaikan mentari yang cerah
Kata-kata dan ajarannya bagaikan hembusan angin
Assam menjadi pusat perhatian baginya
Tulisan-tulisannya menjadi teks keagamaan bagi agama Hindu yang direformasi
Orang-orang datang berbondong-bondong untuk menjadi pengikut dan muridnya
Ritualisme Hindu menjadi sederhana bagi masyarakat awam
Sekat kasta, keyakinan, kaya dan miskin pun runtuh
Orang-orang mengikutinya dengan huruf dan semangat
Dia dinobatkan sebagai raja hati yang tak terbantahkan di Assam.

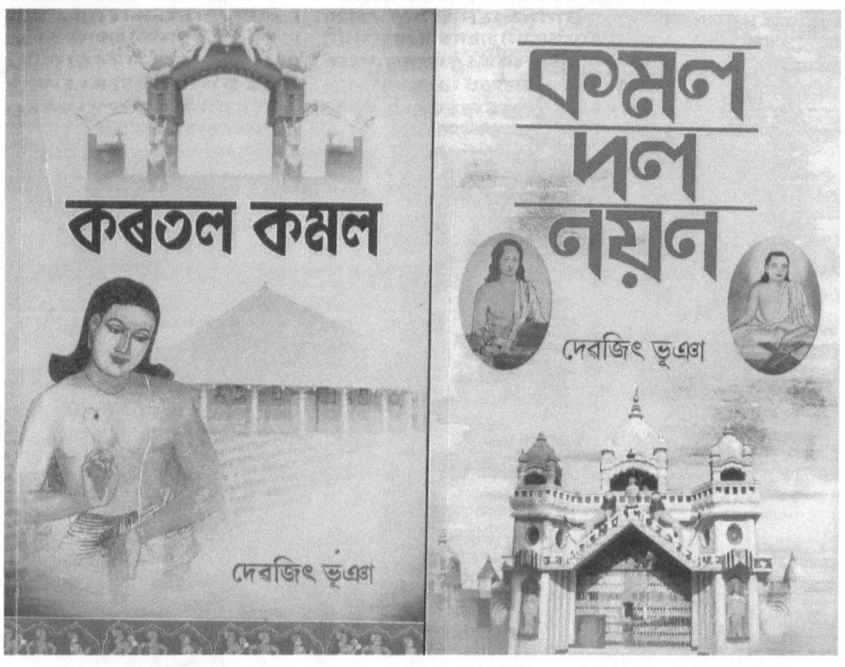

Keberangkatan Sankardeva

Seratus dua puluh tahun telah berlalu sejak kelahiran Sankardeva
Waktu kepergian Santo Sankardeva dari dunia telah tiba
Sankardeva memutuskan untuk tidak menjadikan Raja mana pun sebagai muridnya
Namun Raja Naranarayana dari Assam bersikeras untuk membaptisnya
Sankardeva memutuskan untuk meninggalkan kehidupan duniawi sebelum Raja memberikan tekanan lebih besar
Dia berangkat ke surga dan memberikan kepada murid-muridnya semua hartanya
Seluruh Assam dan Bengal terkejut dengan kepergiannya
Orang-orang menangis selama beberapa hari dan air mata jatuh seperti hujan
Sankardeva menjadi abadi melalui teks keagamaannya dan tulisan lainnya
Hingga saat ini syair dan tulisannya menjadi tulang punggung dan karya klasik bahasa Assam.

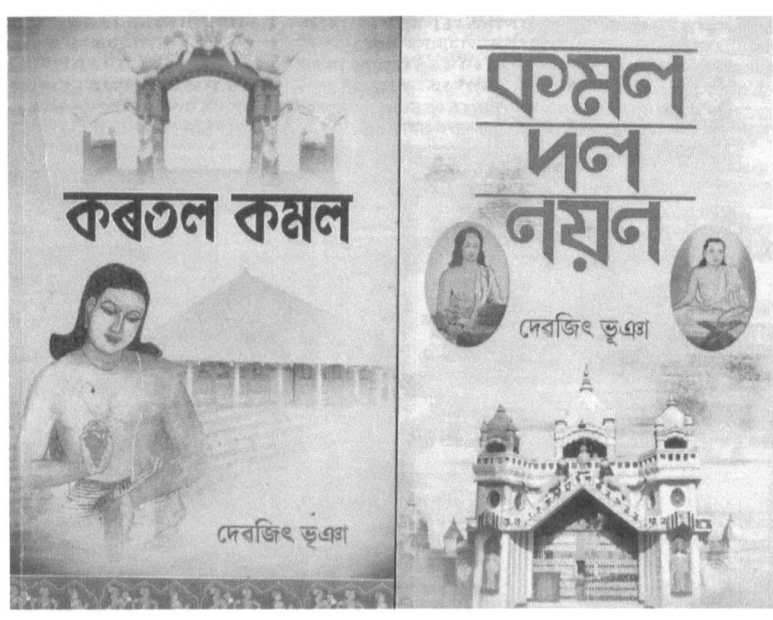

Kaki Dewa Siwa

Akhir dari drama di dunia ini terjadi melalui Dewa Siwa
Kematian adalah akhir dari pantulan kehidupan di cerminnya
Dewa Siwa adalah penari sempurna di alam semesta ini
Dalam gesekan tarian abadinya, bintang dan planet lenyap
Atas panggilannya, bahkan galaksi pun mati dan menjadi lubang hitam
Dewa Siwa dapat dengan mudah dipuaskan melalui doa dengan pikiran murni
Hidup dan mati adalah bagian dari penciptaan dan kehancuran
Tidak ada seorang pun yang dapat lolos dari kematian, bahkan Sri Rama dan Krishna pun tidak
Bahkan Raja Yama, dewa kematian hanyalah utusan Dewa Siwa.

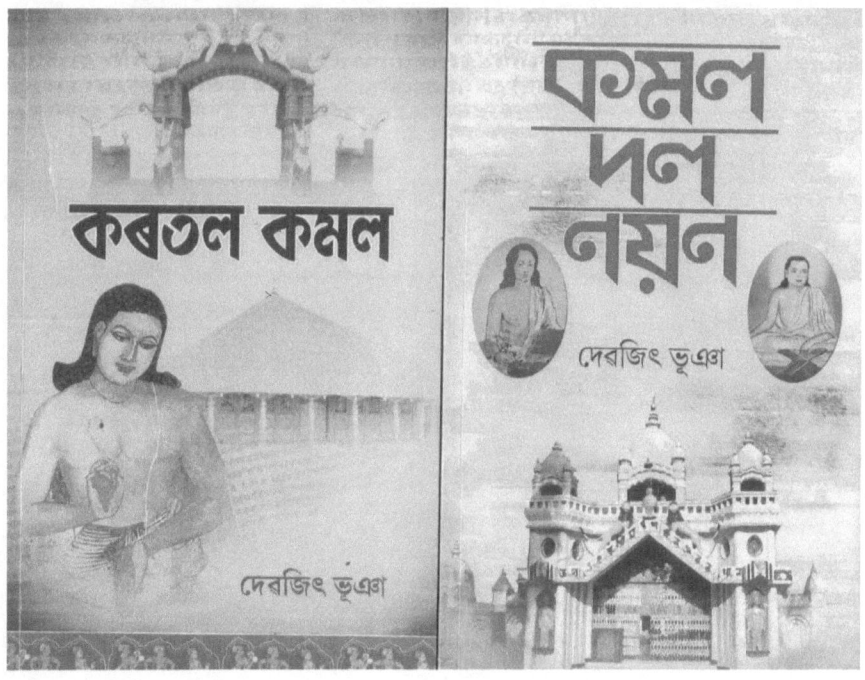

Agama dalam cengkeraman uang

Dunia sekarang penuh dengan dosa dan aktivitas tidak suci
Bahkan puncak gunung dan laut dalam pun tidak gratis
Tidak ada yang menyukai kehidupan holistik sederhana
Semua orang sibuk berenang di lautan dosa
Agama-agama berada dalam cengkeraman uang
Penjahat mempunyai kesempatan dalam bidang agama melalui kekuatan uang
Demi uang, pendeta memuji para penjahat dengan pancuran suci
Suatu hari inkarnasi kembali Tuhan akan terjadi
Dunia akan bebas dari kebencian, dosa, dan kejahatan.

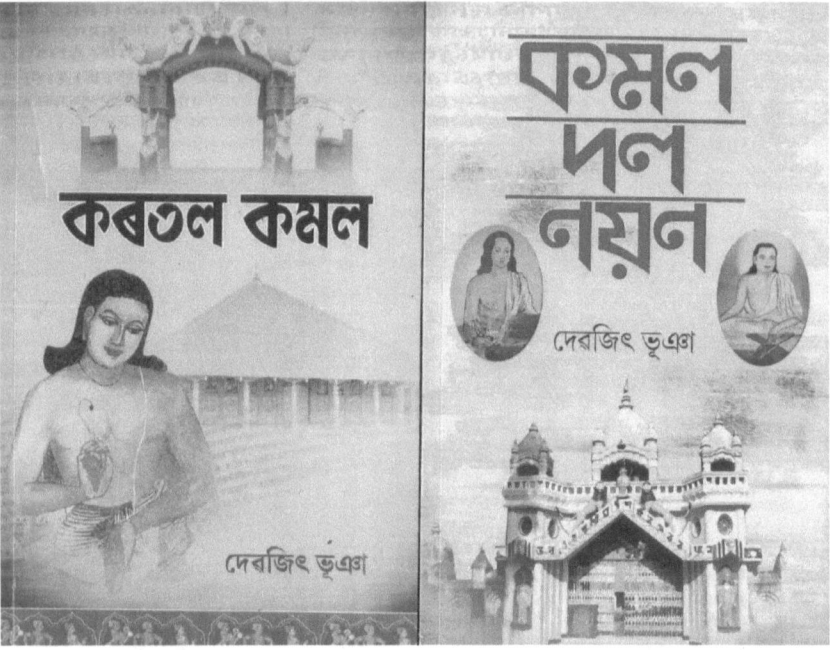

Doa

Untuk menjernihkan pikiran, doa sangatlah penting
Untuk menghilangkan sarang laba-laba manusia, itu sangat penting
Doa harus dilakukan dengan pikiran yang murni
Hasil doa, barulah kita dapat menemukannya
Untuk setiap makhluk hidup, kita harus bersikap baik
Dalam keserakahan, pikiran kita menjadi terikat dan buta
Hanya melalui doa, kita bisa melepas penat
Doa adalah bagian penting alat untuk menyendiri
Doa tanpa pengharapan bisa mengubah sikap
Dengan doa pikiran menjadi murni, sehat dan kuat
Kata-kata kasar tidak boleh keluar dari lidah.

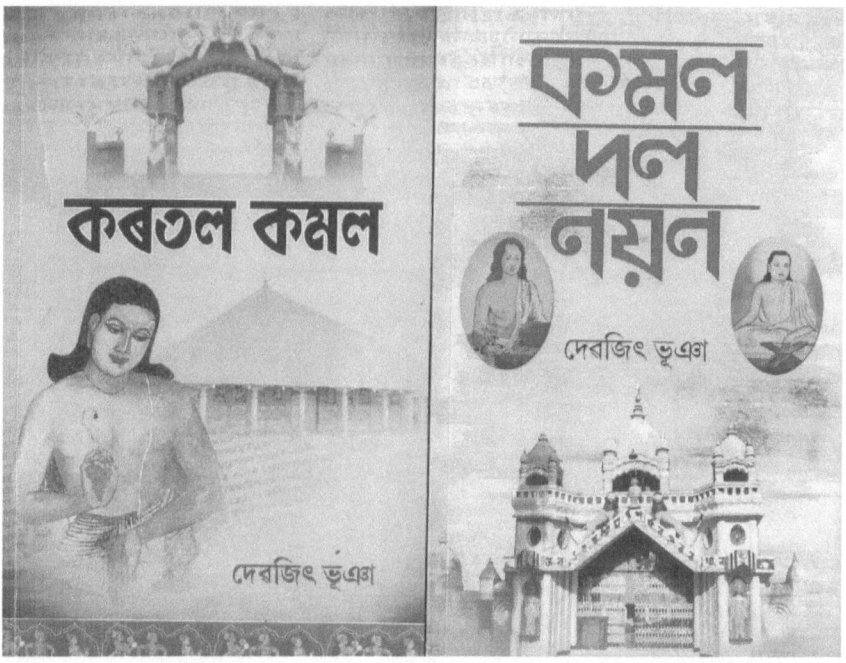

Uang

Saat ini, di dunia ini, uang adalah tujuan utama manusia
Ketika uang datang, ia membawa perasaan surgawi ke dalam jiwa
Namun terlalu rakus akan uang membuat pikiran ketagihan dan statis
Uang diperlukan hanya sebagai alat kelangsungan hidup untuk memenuhi kebutuhan
Namun keinginan akan uang bukanlah suatu keharusan, melainkan hanya keserakahan
Memang benar uang tidak pernah tumbuh di pohon
Di dunia ini Anda tidak bisa mendapatkan uang secara gratis
Untuk mendapatkan uang, kerja keras adalah satu-satunya kunci
Dunia Anda tidak akan pernah menjadi surga dengan lebih banyak uang
Terlalu rakus akan membuat madu menjadi pahit
Uang tidak akan pernah menjadi teman Anda dalam perjalanan terakhir Anda.

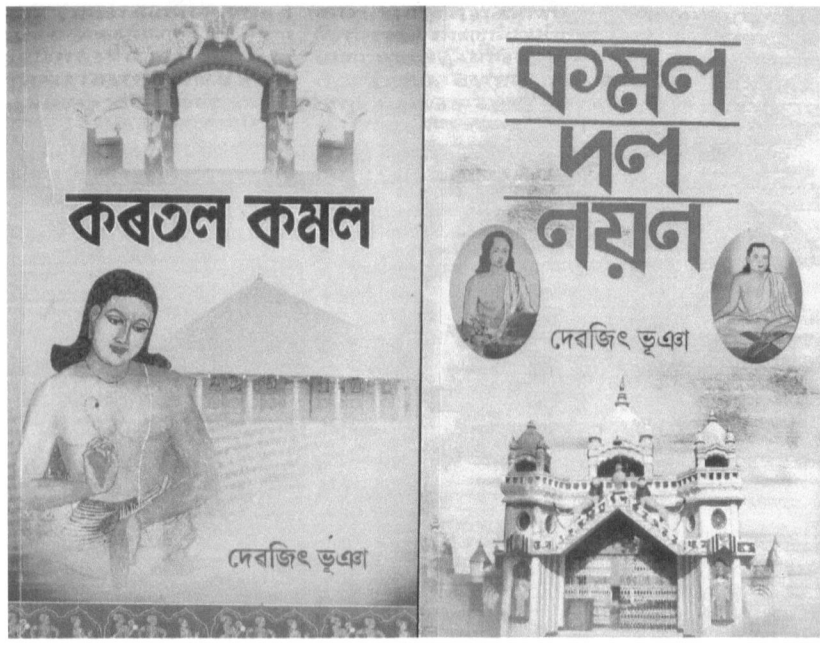

Badak Assam

Wahai manusiamu, jangan terlalu malu
Jangan merampok cula dari Badak yang tidak bersalah
Assam terkenal dengan hewan bertanduk satu ini
Bekerja sama dengan lembaga-lembaga untuk kelangsungan hidup mereka
Jangan memburu dan membunuh mereka di habitatnya
Jadikanlah jalan cinta bagi mereka yang berkunjung di alam liar
Mereka adalah anak Assam yang mulia dan kesepian
Rasakan kesakitan saat pemburu liar membunuh Badak
Lihatlah keindahannya saat mereka berkeliaran di dekat bambu
Kaziranga telah memberi penghidupan bagi banyak orang baik tua maupun muda
Jadilah sukarelawan dalam misi melindungi hewan ini sebagai emas Anda.

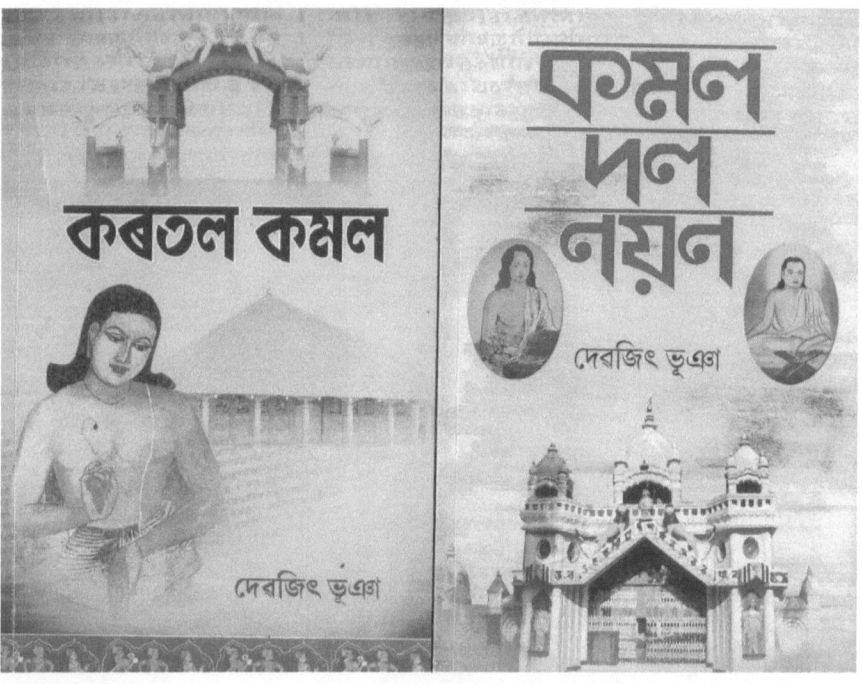

Pria

Pria! Anda tidak memulai perang dunia lagi
Sobat, hentikan dan hentikan perang yang sedang berlangsung
Jika perang terus berlanjut, kehancuran dunia tidak akan lama lagi
Fondasi kemanusiaan dan peradaban akan terguncang
Jalan, gedung, jembatan yang Anda bangun, semuanya akan rusak
Dalam hitungan jam, kota-kota besar yang indah akan hancur
Hutan dan binatang liar akan tercabut
Musim semi tidak akan datang dengan kicauan burung
Tidak akan ada lagi kawanan hewan peliharaan
Pria! Anda berjanji kepada anak-anak Anda untuk menghentikan permusuhan
Untuk menghentikan perang, dibutuhkan cinta dan persaudaraan, bukan formalitas kesepakatan.

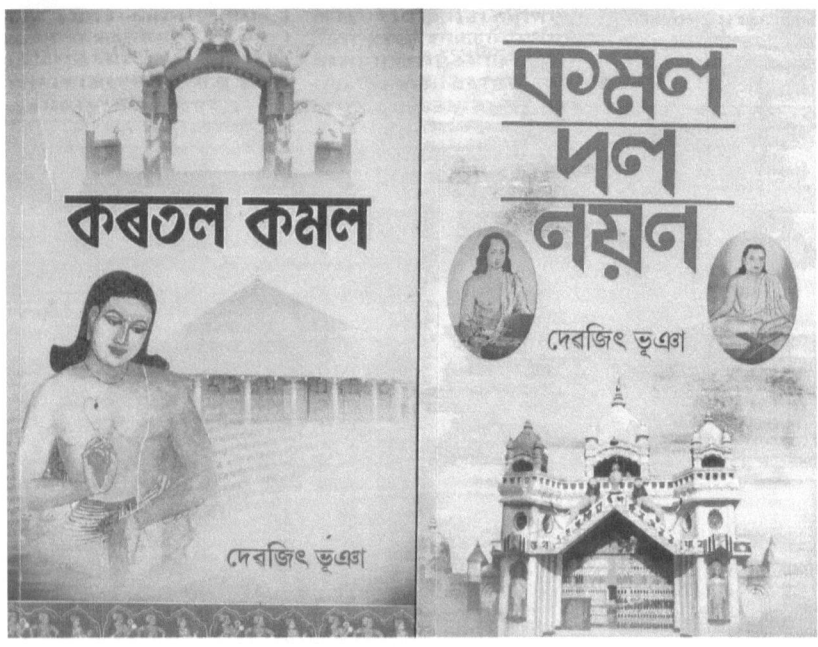

Lembah yang optimis

Di gunung yang tinggi, rumah-rumah membeku
Tangan menjadi es dan tidak bisa melakukan gerakan
Bahkan meminum sup panas pun tidak dapat membantu
Pakaian berbahan wol tidak dapat menghangatkan tubuh
Meski alkohol tidak panas, namun dapat membuat tubuh tetap nyaman
Agar badan tetap hangat, lari kesana kemari dengan pasak
Untuk belanja beberapa hari, Anda harus membawa tas
Setelah sekitar satu bulan, es akan mencair
Air akan mengalir menuruni lembah
Lembah akan kembali ceria dengan tanaman baru
Burung dan hewan di lembah akan menikmati musim semi
Warna hijau pada lembah, akan dihadirkan pepohonan baru.

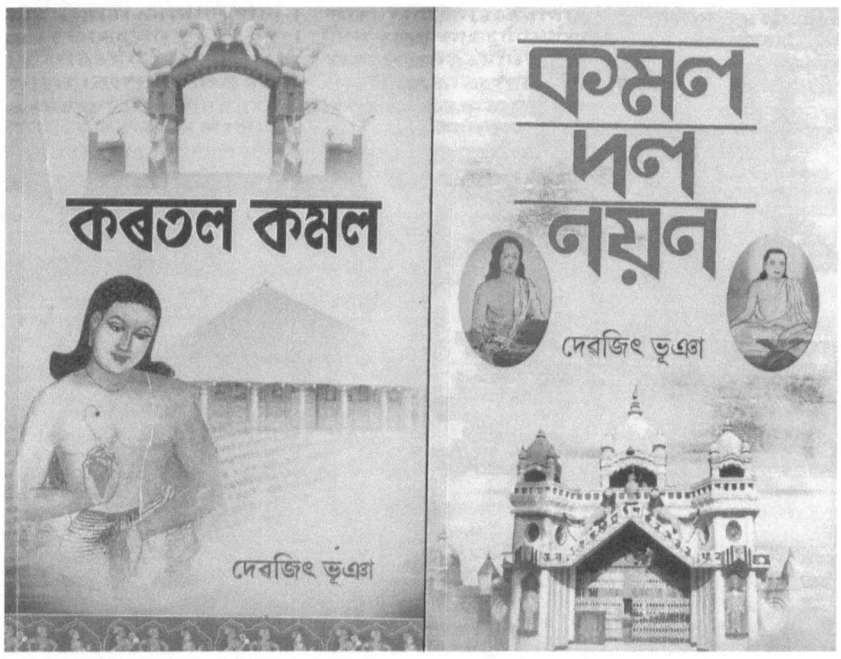

Assam yang Berkembang

Musim semi sangat disukai di Assam seperti belahan dunia lainnya
Hari-hari festival komunitas yang berbeda perlahan terungkap
Para penenun gembira dan aktif menyambut musim festival
Suara shuttle tenun terdengar berdimensi baru
Teratai mekar di kolam dan menari mengikuti angin sepoi-sepoi
Badak keluar dari hutan lebat untuk memakan rumput lembut
Wisatawan mengunjungi mereka dengan jip terbuka sambil tertawa dan bersenang-senang
Terkadang Badak mengejar kendaraannya dengan berlari
Beberapa orang asing membuka botol bir di bawah ketiganya
Cuaca dan iklim cerah, lembut dan bebas
Assam berkembang dengan bunga, tarian, dan lebah terbang.

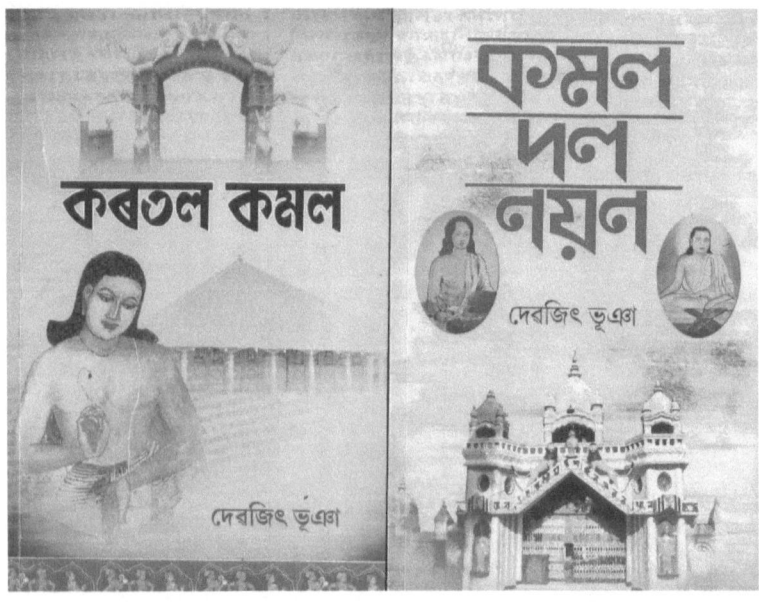

Hindari alkohol

Alkohol tidak baik untuk negara tropis seperti Assam
Iklim yang panas dan lembab tidak kondusif untuk minum
Komunitas kebun teh yang mencari alkohol biasanya tenggelam
Untuk menghindari alkohol, masyarakat Assam harus berpikir
Ingat kisah imp dan petani
Bagi alkohol, perpecahan keluarga adalah hal yang relevan
Padahal di Assam, partai teratai berkuasa
Mereka juga meningkatkan jumlah pancuran alkohol
Para pedagang yang tidak etis menjual alkohol kepada remaja
Kesengsaraan dan ketegangan pada orang tua, kini menjadi kenyataan
Bagi negara miskin seperti Assam, ledakan alkohol bukanlah hal yang baik
Untuk memperoleh pendapatan, mendorong minuman beralkohol adalah tindakan yang tidak sopan.

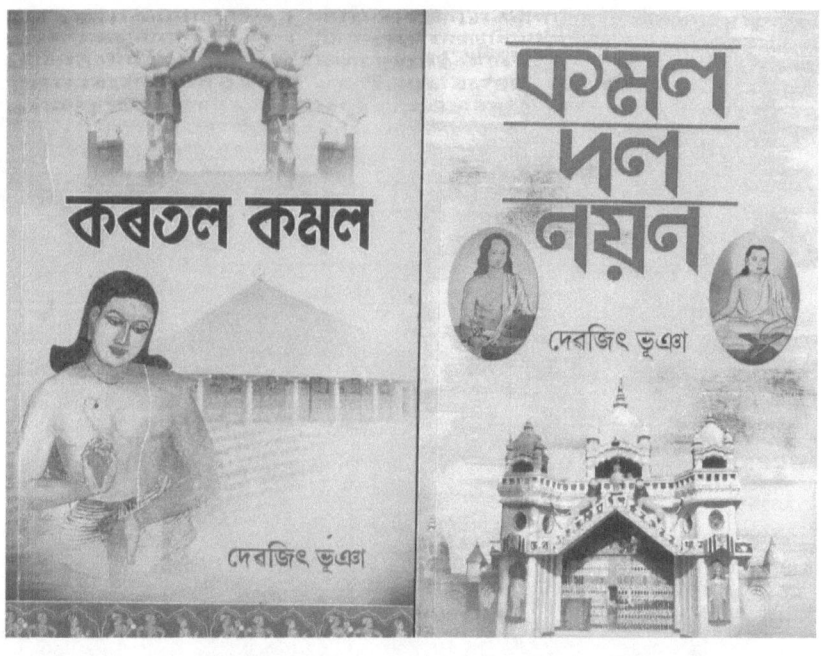

Perang

Perang bukanlah soal lelucon atau humor
Bahkan orang abadi pun mati dalam perang
Perang menghancurkan rumah, pertanian, dan mata pencaharian
Meroketnya harga semua makanan
Bagi hewan dan pohon juga, perang bukanlah hal yang baik
Anak-anak menangis dan ketakutan dan melihat kematian ibu
Doa mereka juga tidak dikabulkan oleh Tuhan Bapa
Juga bukan pemimpin dunia yang egois dan patriot
Umat manusia tidak pernah setuju bahwa perang adalah kesalahan besar peradaban
Rasa sakit dan penderitaan adalah hasil akhir dari konflik
Para pemimpin yang saya kasihi, untuk memulai perang, Anda tidak boleh mengizinkannya
Kekejamanmu, suatu hari nanti sejarah akan mendakwanya
Untuk membuat dunia damai, gunakan otak dan naluri Anda.

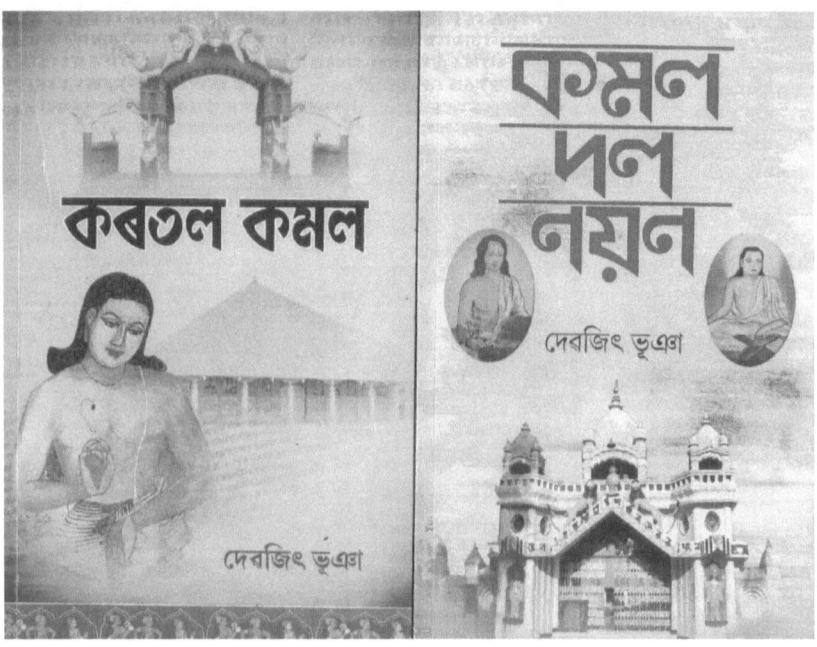

Kerja bagus

Buah dari pekerjaan yang baik adalah baik
Akibat dari pekerjaan yang buruk adalah penderitaan, itulah aturannya
Tuhan menemani saat melakukan pekerjaan dengan baik
Akibat dari pekerjaan yang tidak adil Anda harus menderita sendiri
Gravitasi menarik buah-buahan dari pohon
Demikian pula pekerjaan yang baik menarik berkah Tuhan
Segera Anda akan melihat, pekerjaan Anda bersinar.

Tidak ada seorang pun yang abadi

Tidak ada manusia yang abadi di dunia ini
Setiap saat kita bergerak menuju kematian
Di jalan kejujuran, tidak ada rasa takut terjatuh
Dengan cinta Tuhan, kita dengan mudah menempuh perjalanan tersebut
Jangan tergila-gila pada uang dan kekayaan
Uang tidak akan pernah bisa membeli keabadian
Perkuat pikiran Anda untuk berani dan tidak takut mati
Bersikaplah murah hati, baik hati, dan jujur saat hidup
Pada saat keberangkatan, Anda tidak akan menyesal.

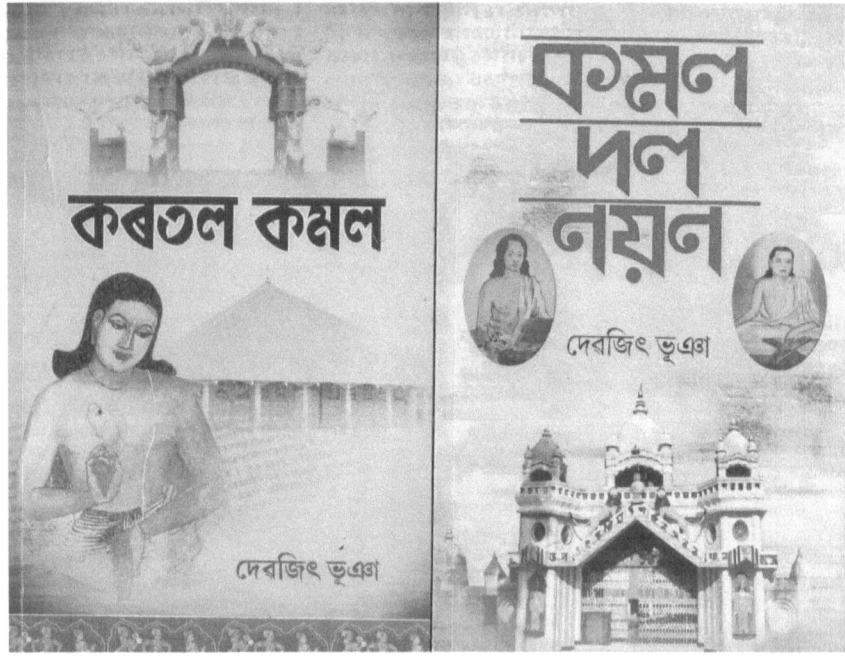

Festival warna (Holi)

Holi, festival warna
Nikmati cinta dan kasih sayang Holi
Gelombang warna, aliran merah, kuning, biru, hijau
Dengan warna, seluruh tubuh manusia bercahaya
Kota, kota, desa dimana-mana semangatnya sama
Menikmati kehebatan warna adalah naluri
Dalam festival warna semua orang menikmati hari melupakan rasa sakit
Tujuh warna adalah semangat hidup, itulah tema kereta Holi.

Chital

Chital, kamu merumput dengan gembira di hutan
Namun waspadalah terhadap manusia
Mereka rakus terhadap daging Anda
Kecepatan panah yang tidak dapat Anda kalahkan
Lebih baik kamu menjelajah bersama Rhino
Dan beristirahatlah di dekat gajah
Kamu adalah kalung cantik India
Kulit dan daging Anda adalah media musuh Anda
Dengan menyusutnya hutan, perjalanan bertahan hidup akan menjadi sulit.

Musim festival

Kamu tidak pernah peduli padaku selama aku kesakitan
Bergegas ke saya mengetahui keuntungan moneter
Meski musim panas terik, kini Anda tak segan-segan berlari
Uang adalah kesenangan motivasi yang menggetarkan
Selama festival juga kamu tidak punya waktu untuk menyampaikan permohonan
Tapi kamu mendaki gunung demi kesenanganmu sendiri
Tapi tidak ada waktu untuk menanyakan tentang temanmu
Sekarang Anda mengucapkan kata-kata manis, bagaimana saya bisa percaya
Setiap perkataan Anda hanya untuk alasan finansial dan nafsu.

Usia

Di usia tua orang menjadi statis
Tidak suka bergerak, bahkan untuk naik ke atas
Namun orang-orang takut akan kematian
Keinginan, pekerjaan, dan keinginan yang belum selesai
Jadikan ketakutan akan kematian menjadi lebih menakutkan
Bahkan kematian tidak akan menyelamatkanmu maupun aku
Jadi, untuk apa takut mati, nikmatilah saat ini
Terima penolakan dalam spiritualitas dan maha kuasa
Saat memikirkan tentang kematian, anggap enteng saja.

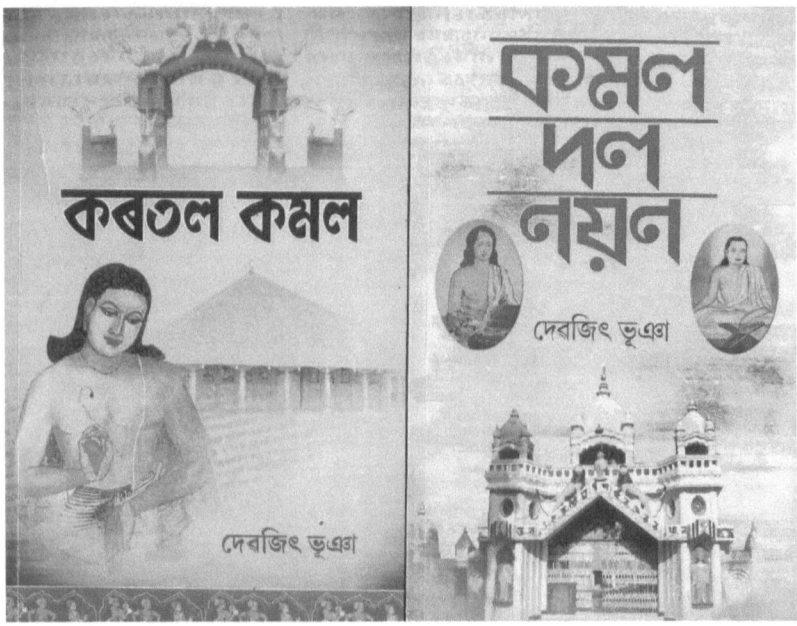

Cintai ibumu

Sayangi ibumu, sayangi ibumu
Dalam penyakitnya, cinta lebih baik daripada obat
Obat-obatan saja tidak cukup untuk menyembuhkan penyakit
Perawatan dengan cinta memiliki kekuatan magis untuk menyembuhkan
Ingatlah masa kecilmu
Saat kamu merasa lebih baik dengan sentuhan telapak tangan ibu
Kini di masa tuanya dengan sentuhanmu, dia akan merasa tenang
Lebih dari sentuhan kasih sayang Anda, tidak ada balsem yang lebih baik.

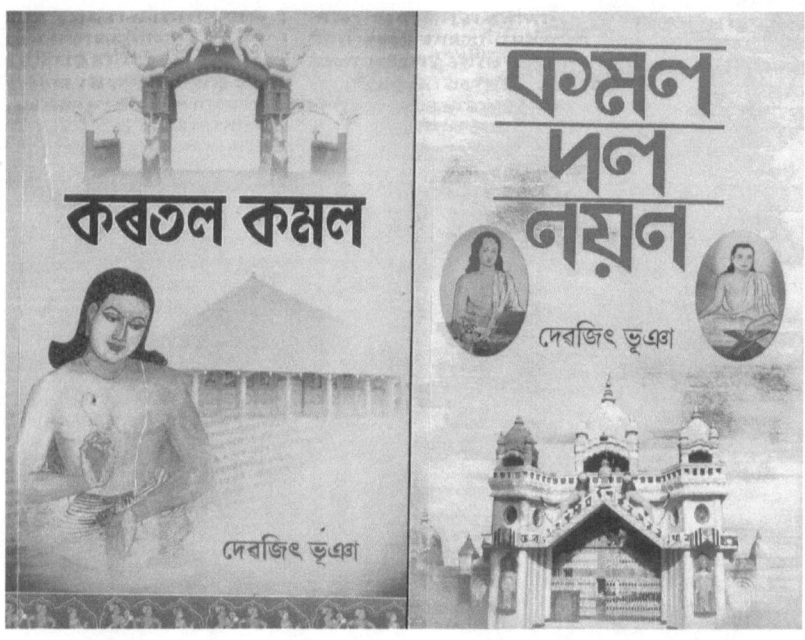

April

April bukan sekadar bulan April bodoh di Assam
Di bulan April, pikiran setiap orang Assam melayang
Musim telah berganti setelah musim dingin yang dingin
Pepohonan dengan dedaunan hijau baru yang menari
Dan burung kukuk berkicau di pohon mangga terus menerus
Para penenun sibuk menganyam handuk baru (gamosa)
Festival Rongali Bihu, festival kegembiraan akan segera tiba
Tua dan muda, semua orang sibuk berlatih tari Bihu
Bihu adalah jiwa masyarakat Assam di tepi sungai Brahmaputra
Bahkan Badak Kaziranga pun gembira melihat rumput yang baru tumbuh
Bulan April bukan sekedar bulan dalam kalender
April (Bohag) menjadikan Assam hijau dan menerangi hati masyarakat Assam.

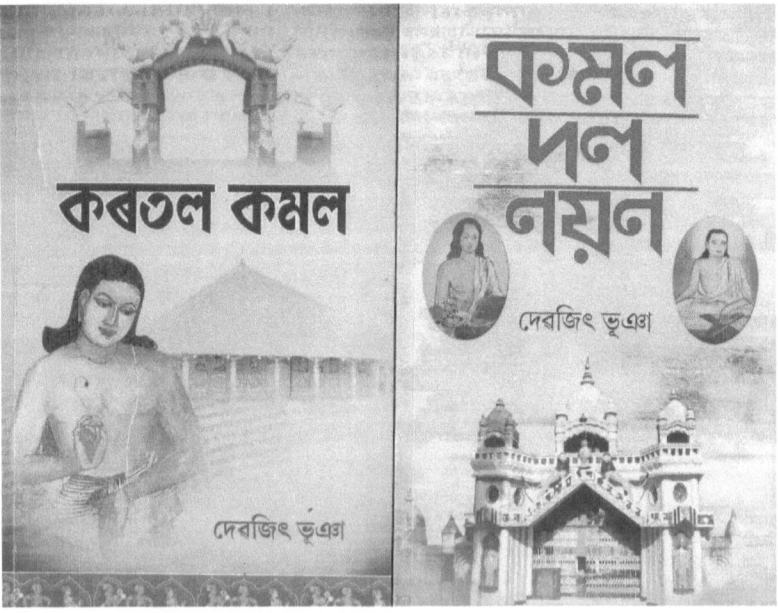

Dasaratha (kisah Ramayana)

Di panah raja Dasaratha, putra orang bijak buta meninggal
Karena kutukan orang bijak, Dasaratha yang tidak mempunyai anak mendapat anak
Rama lahir bersama Lakshmana, Bharata dan Straughn
Juga, Sita, istri Rama lahir di kerajaan terdekat di Nepal
Untuk menepati janji ayahnya, Rama pergi ke pengasingan selama empat belas tahun
Lakshmana dan Sita juga menemani Rama selama pengasingannya
Karena keterkejutan mental mengirim Rama ke hutan
Dasaratha meninggal dan menyerahkan tahta kepada Bharata untuk memerintah
Sita diculik di hutan oleh raja iblis Rahwana
Rama mencapai Lanka dengan bantuan Hanumana dan sesama kera
Sita terselamatkan, Rahwana terbunuh, dan semuanya kembali ke Ayudha
Rama mendirikan kerajaan ideal dengan kesetaraan, keadilan, dan supremasi hukum.

Bharata

Lakshmana pergi ke hutan bersama Rama
Bharata tetap berada di kerajaan
Dia memerintah kerajaan dengan menjaga sabot Rama di Singhasan (kursi)
Chital ajaib itu menipu Lakshmana
Shinta diculik dari gubuk hutan mereka
Terjadilah perang besar antara Rama dan Rahwana
Lakshaman memainkan peran kunci dalam kekalahan raja iblis
Sita diselamatkan dan semua kembali ke rumah dengan gembira
Penderitaan Bharata berakhir dengan kembalinya Rama.

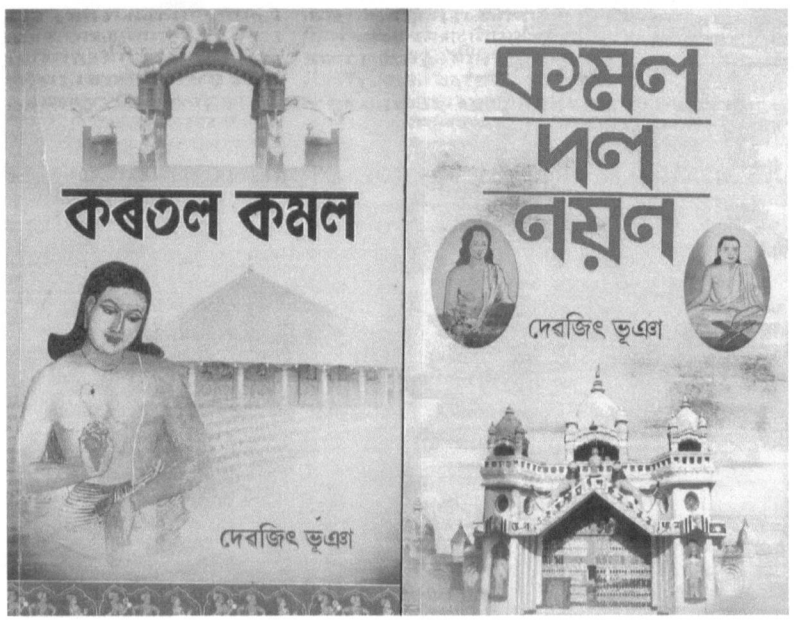

Laksmana

Para resi berpesan "Lakshmana jangan takut pada Rahwana"
Putra angin Hanuman bersamamu seperti bayangan
Padahal Rahwana adalah pemuja Dewa Siwa
Ego dan kesombongannya akan menyebabkan kekalahannya
Waktu sangat penting dalam perang dan menyerang musuh dengan senjata terbaik
Gunakan senjata terbaik Anda sejak awal
Jalan kebenaran dan kejujuran selalu menang atas kejahatan.

Laba (Putra Rama)

Laba adalah cucu raja Dasaratha
Muda, energik, dan cantik
Pelindung ashrama para Resi dan resi
Ketenaran Laba menyebar ke seluruh benua
Rama memanggilnya ke pertemuannya
Kakaknya Kusha juga menemaninya
Mendengar cerita Ramayana dari mereka Rama terkejut
Saudara kembar itu adalah putranya sendiri, Rama mengakui.

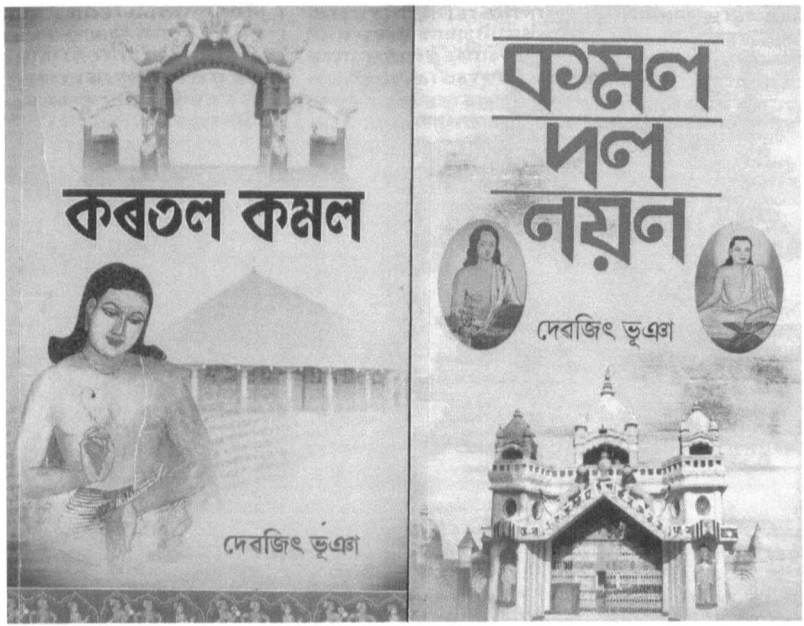

Mencari Tuhan

Di kuil-kuil besar, hewan dikorbankan bahkan sampai hari ini
Darah kerbau, kambing mengalir seperti sungai
Untuk menyenangkan Tuhan, manusia membunuh anak-anak Tuhan sendiri
Tidak ada Tuhan yang akan senang melihat darah orang yang tidak bersalah
Tuhan akan senang melihat cinta dan perhatian semua makhluk hidup
Wahai manusiamu, berdoalah kepada Tuhan dengan pikiran yang murni
Jika Anda mengorbankan hewan yang tidak bersalah, Tuhan tidak akan menerima doa Anda
Dia tidak akan pernah menjawab doamu dengan darah
Tuhan selalu penuh belas kasihan dan tidak pernah membunuh siapa pun
Jika Anda mengorbankan orang yang tidak bersalah demi keuntungan diri sendiri, Anda akan mengumpulkan dosa.

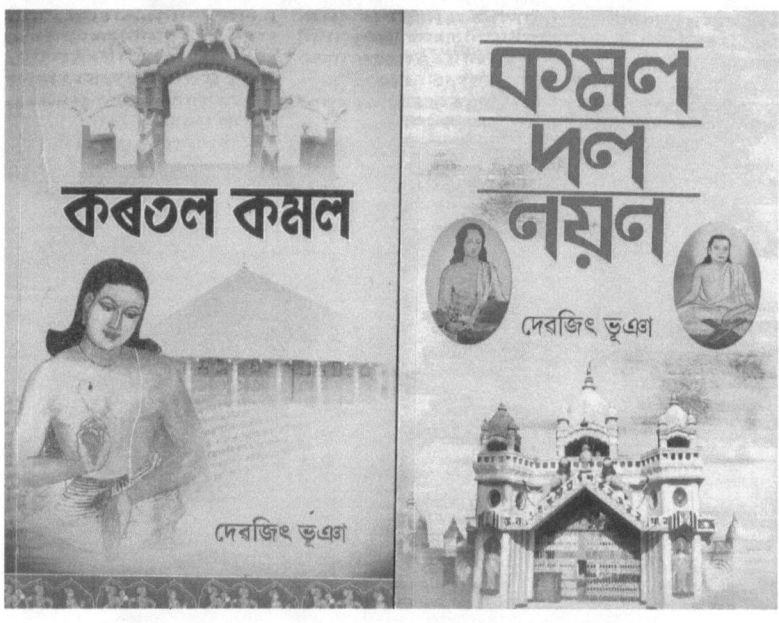

Kereta jalan yang jujur

Ini Assam kami, Assam tercinta
Sangat sayang dan dekat di hati kita
Assam adalah tanah budaya yang baik dan kemurahan hati
Tidak ada perdagangan perempuan yang tidak bermoral
Bahkan di banyak suku, perempuanlah yang mengatur keluarga
Dalam keserakahan akan uang, tidak ada seorang pun yang melakukan prostitusi
Pembakaran mahar dan pengantin bukan bagian dari kehidupan orang Assam
Hak yang sama diberikan kepada setiap wanita dan istri tercinta
Mungkin ada banyak uang di jalur ketidakjujuran
Tapi orang Assam yang sederhana lebih menyukai hidup sederhana
Sangat jarang terjadi pemukulan dan perceraian terhadap pasangannya.

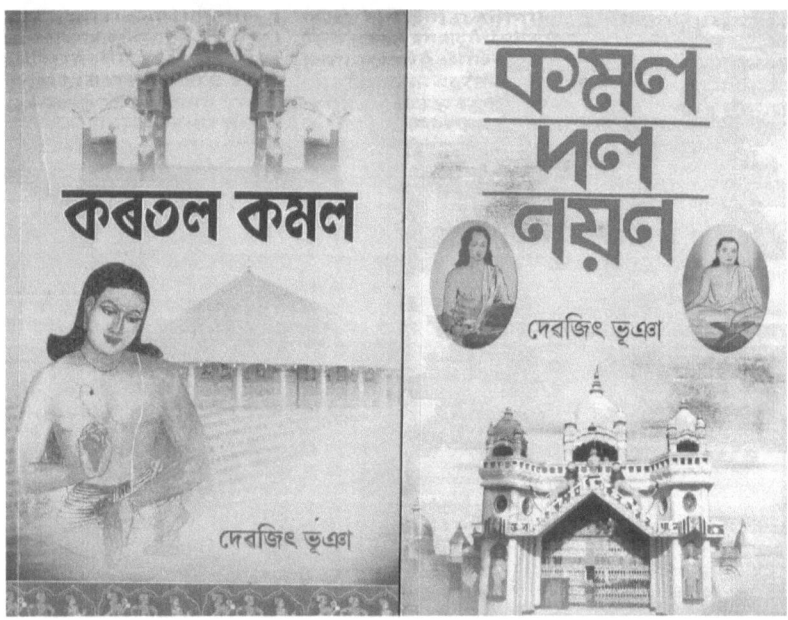

Jaga pikiran

Kami selalu menjaga tubuh kami
Namun jarang yang menjaga pikiran
Perawatan pikiran juga sama pentingnya
Mengapa mengabaikannya dengan tidak merawatnya?
Untuk hidup sehat, itu tidak adil
Pikiran yang sehat dalam tubuh yang sehat memberikan kehidupan yang lebih baik
Seseorang dapat dengan mudah memenangkan perlombaan kehidupan yang rumit
Tidak ada hal baik yang dapat dicapai dengan pikiran yang sakit
Untuk menjaga pikiran, jalannya mudah ditemukan
Selalu tersenyum dan bersikap baik kepada semua orang
Ikuti jalan kejujuran dan integritas
Kebenaran dan persaudaraan akan memberimu ketenangan.

Jangan buang waktu

Waktu tidaklah statis
Waktu juga tidak dinamis
Dulu, sekarang dan masa depan
Semuanya sama dalam domain waktu
Kami merasa seolah-olah waktu terus mengalir
Ibarat aliran air yang bergerak menuju laut
Persepsi kita, waktu bergerak seperti anak panah
Namun begitu ia meninggalkan haluan, ia tidak akan pernah kembali lagi
Namun kami berharap akan ada hari esok yang lebih baik
Waktu tidak pernah berhenti di hari berawan
Juga tidak melambat di pagi yang cerah
Berlangsung seperti biasa dari tahun ke tahun
Tidak ada diskriminasi atau pilih kasih
Bagi miskin, kaya, lemah, atau kuat, waktunya sama saja
Jadi, waktu tidak bisa disalahkan atas kegagalan Anda
Kekayaan yang paling berharga namun gratis dalam hidup adalah waktu
Jangan sia-siakan karena gratis, manfaatkanlah, hidup akan baik-baik saja.

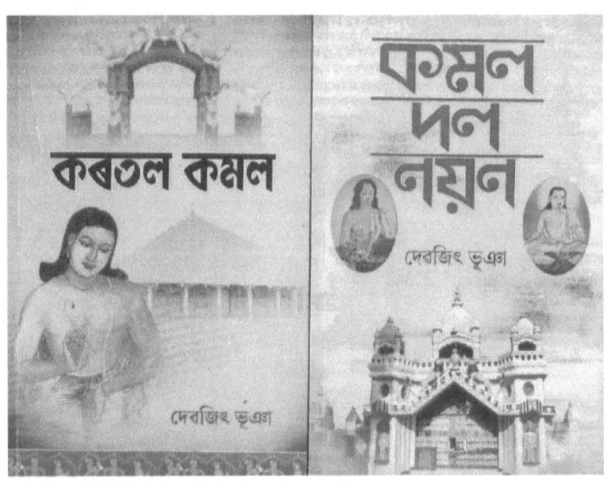

Sakit pikiran

Jaga teman-teman Anda selama sakit mental
Cinta dan penghiburan, kekuatan pikiran, akan mereka peroleh
Kesepian membuat pikiran lemah dan rapuh
Beberapa keputusan mungkin salah dan bermusuhan
Dengan persahabatan pikiran menjadi bahagia dan ceria
Manusia dapat mengatasi sebagian besar masalah yang bersifat sementara
Sakit mental dapat mendorong orang untuk melakukan bunuh diri
Untuk melakukan hal-hal buruk, pikiran yang lemah selalu menghasut
Memberikan pendampingan kepada teman ketika mentalnya lemah
Dengan kata kata penyemangat, ke keadaan normal sobat akan kembali.

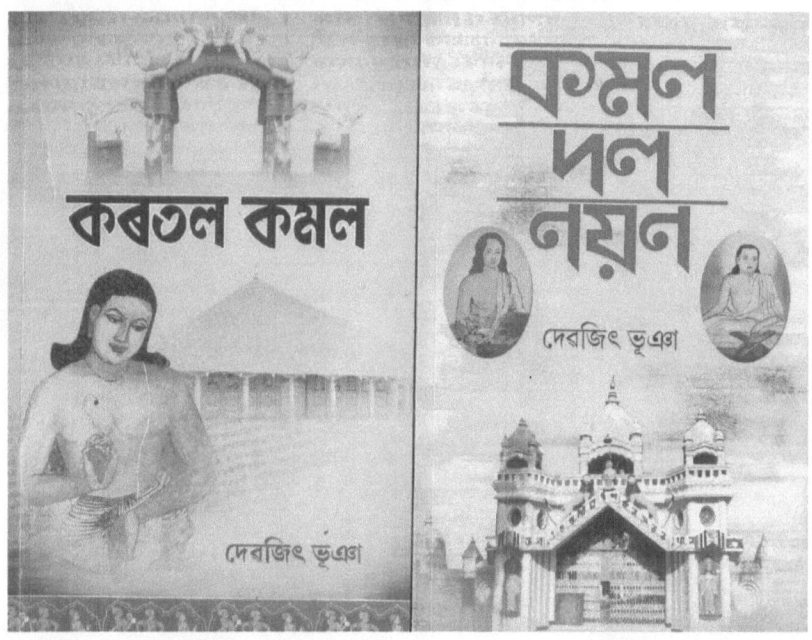

Perawatan tubuh

Berjalan, berjalan dan berjalan
Tak perlu berlari kencang untuk tetap fit
Jalan kaki adalah alat kebugaran tubuh terbaik
Jalan pagi akan mengusir kelesuan
Tubuh akan menjadi kuat dan kekar
Sirkulasi darah akan menjadi lebih baik
Pikiran akan tetap ceria sepanjang hari
Berjalan kaki tidak mengenal batasan waktu dan tempat
Seseorang juga dapat dengan mudah mengikuti lomba jalan kaki
Teman baru akan menghubungi Anda di jalur pejalan kaki
Beberapa persahabatan akan sangat baik dan tidak pernah menoleh ke belakang
Jalan kaki baik untuk tubuh, pikiran, dan jiwa
Dengan tubuh dan pikiran yang sehat, Anda dapat mencapai tujuan hidup.

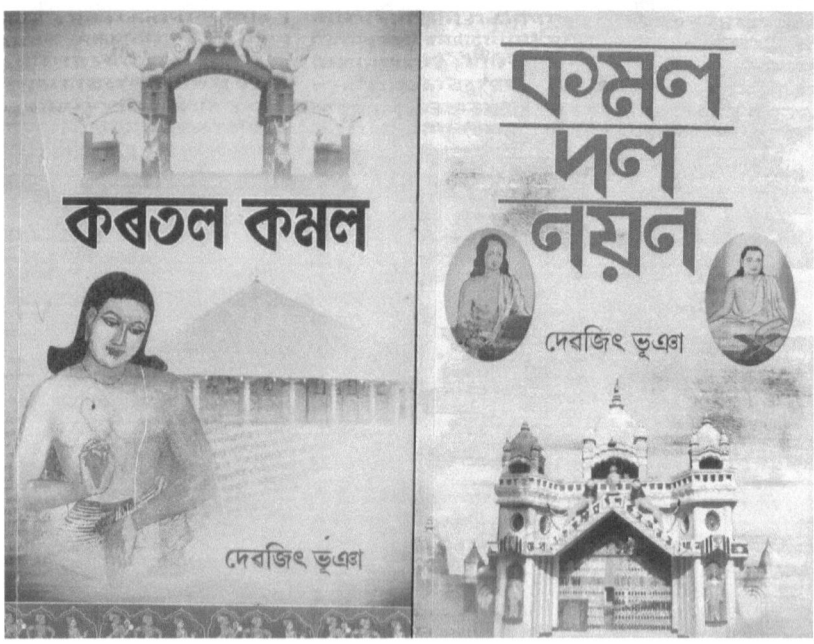

Jalan-jalan anak-anak

Dia jatuh dan dia berdiri
Tapi dia tidak pernah menyerah sampai dia berjalan
Suatu hari dia mulai berlari dengan gembira
Perjalanan panjang hidup dimulai
Jika Anda tidak bangun setelah jatuh sekali atau dua kali
Tidak pernah seumur hidup, Anda akan dapat berpartisipasi dalam perlombaan
Tanpa jatuh, tidak ada seorang pun yang bisa belajar berdiri dan bergerak
Pembelajaran kecil di masa kanak-kanak ini membuat hidup kita menjadi baik.

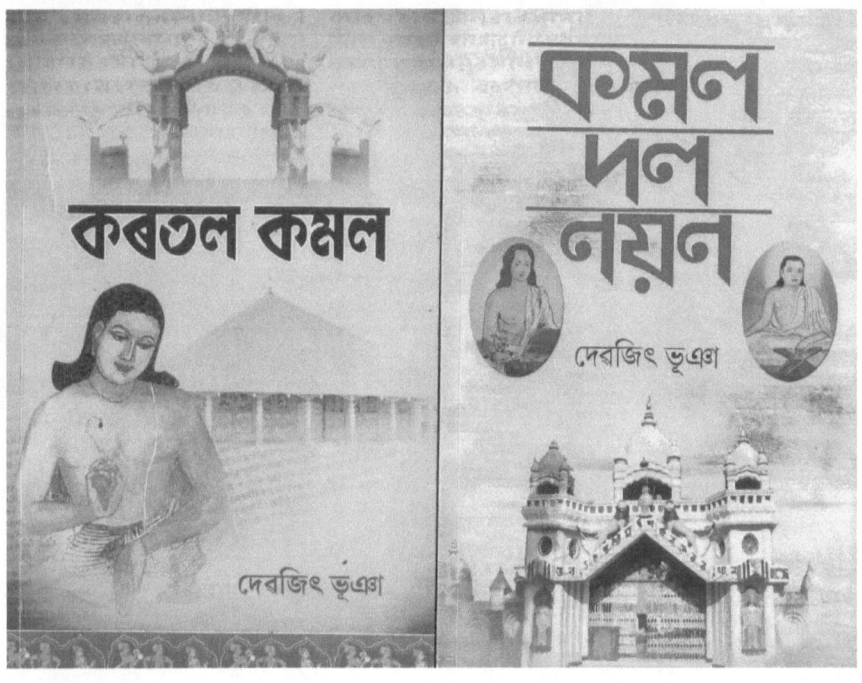

Humor Madan

Madan menceritakan leluconmu
Akon akan mulai tertawa
Jangan menceritakan humor yang tidak masuk akal
Dalam lelucon Anda, senyuman harus jatuh
Tetesan air hujan kecil harusnya mengetuk dengan lembut
Namun jangan pernah membuat rumor yang memicu pertengkaran
Lelucon tidak boleh merusak hubungan keluarga
Lelucon adalah untuk tersenyum dan tertawa
Bukan untuk menangis dan membuat situasi menjadi sulit.

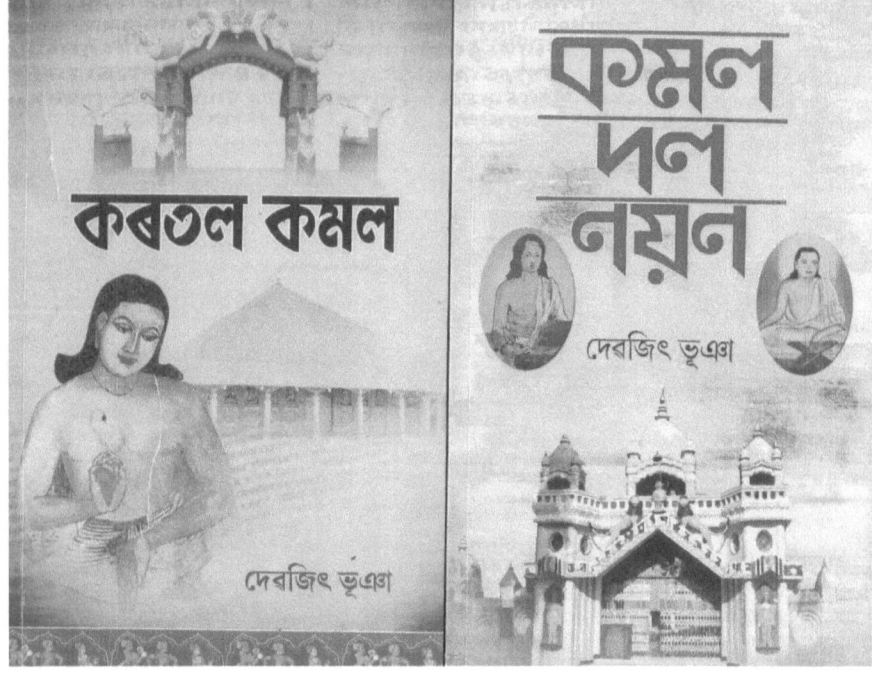

Coco si pesek ajaib

Coco, kamu adalah hewan peliharaan kesayangan kami
Dapur adalah tempat favorit Anda
Jika makanan tertunda, Anda mulai menggonggong
Saat perut kenyang, Anda menikmati lari
Anda sangat tidak menyukai orang jahat
Bagimu rumah adalah kuil Tuhan
Dengan orang yang Anda cintai, Anda tidak pernah bertindak curang
Kehadiranmu membuat semua orang gembira dan meluap-luap
Kemarahan dan wajah murung dari keluarga mulai menghilang
Anjing adalah sahabat manusia yang tidak dapat disangkal oleh siapa pun
Tidak ada yang bisa mengisi kekosongan yang diciptakan oleh ketidakhadiran Anda.

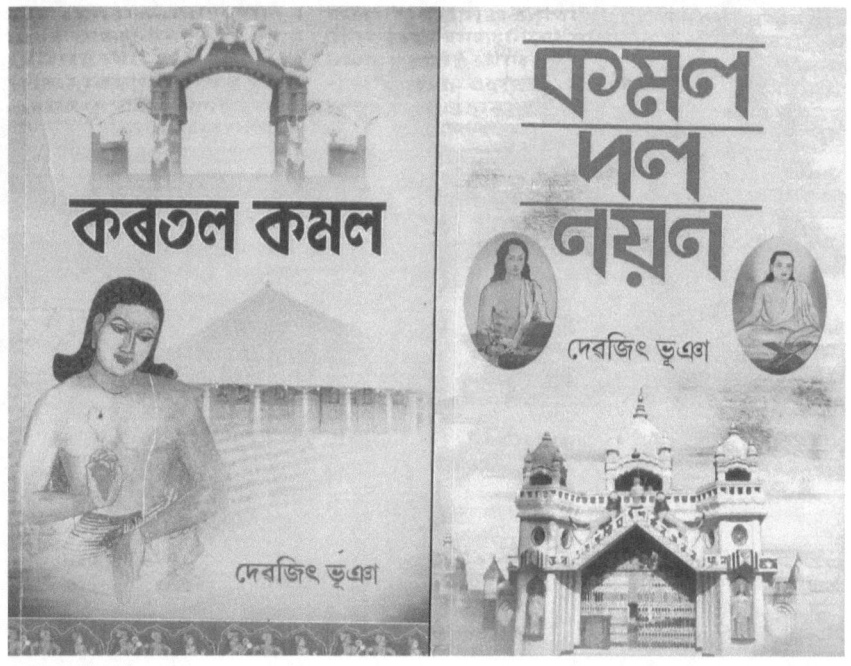

Angin

Di Assam, selama bulan Februari, angin bertiup kencang
Setiap rumah dan jalanan dipenuhi debu dan dedaunan kering
Musim dingin telah berlalu, dan cuaca menjadi kering
Burung lile, daun-daun berguguran bersama angin yang biasa terbang
Ketika angin semakin kencang, pohon-pohon besar pun tumbang
Dengan dedaunan kering, ladang Assam tampak berwarna coklat.

Herbal alami

Herbal dapat meningkatkan imunitas tubuh manusia
Mereka baik untuk melawan penyakit dan hidup sehat
Namun jangan pernah percaya bahwa mereka bisa menyembuhkan segala penyakit
Herbal bukanlah penangkal virus dan bakteri
Hanya antibiotik yang mampu menyembuhkan pneumonia
Namun mengonsumsi herbal dapat membantu melawan virus
Konsumsi herbal hanya sebagai suplemen untuk kesehatan yang baik
Melawan penyakit, karena memiliki kesehatan yang baik adalah kekayaan.

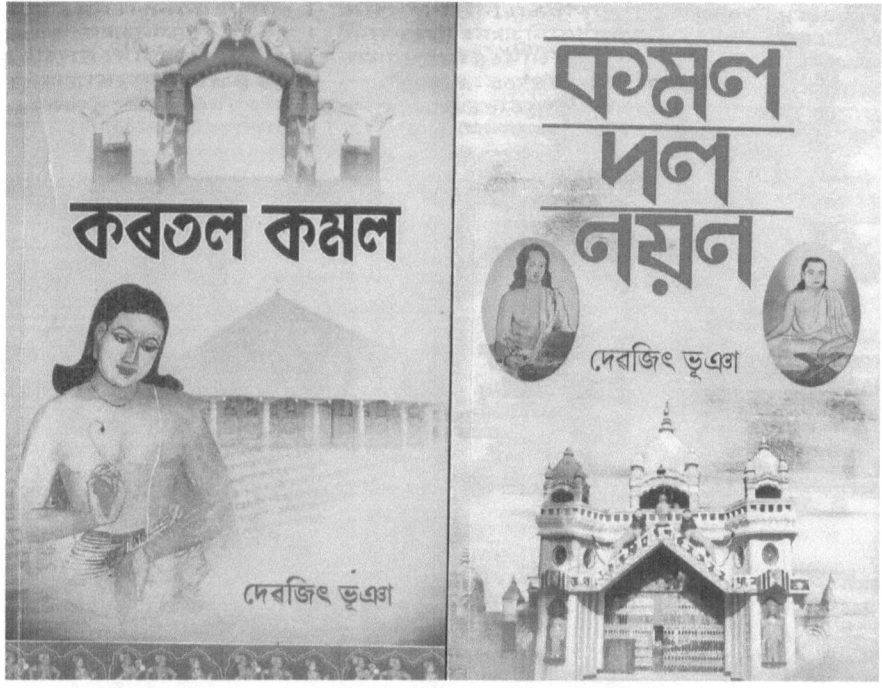

Takut pada pikiran

Hei kawan, jangan takut apa pun
Ketakutan adalah hal yang berbahaya dan merusak
Ketakutan pikiran diungkapkan oleh tubuh
Dan Anda dikalahkan sebelum balapan dimulai
Dalam ketakutan, Anda melihat hantu dan makhluk tak kasat mata
Dan Anda melarikan diri dari medan perang tanpa perlawanan
Ini adalah tindakan pengecut, tidak etis dan tidak benar
Dengan rasa takut manusia tidak bisa sukses
Begitu Anda mengatasi rasa takut, peluang akan berlimpah
Seluruh dunia akan bersamamu, jika kamu berani
Siapa yang menang akan dikenang bahkan setelah ia mati.

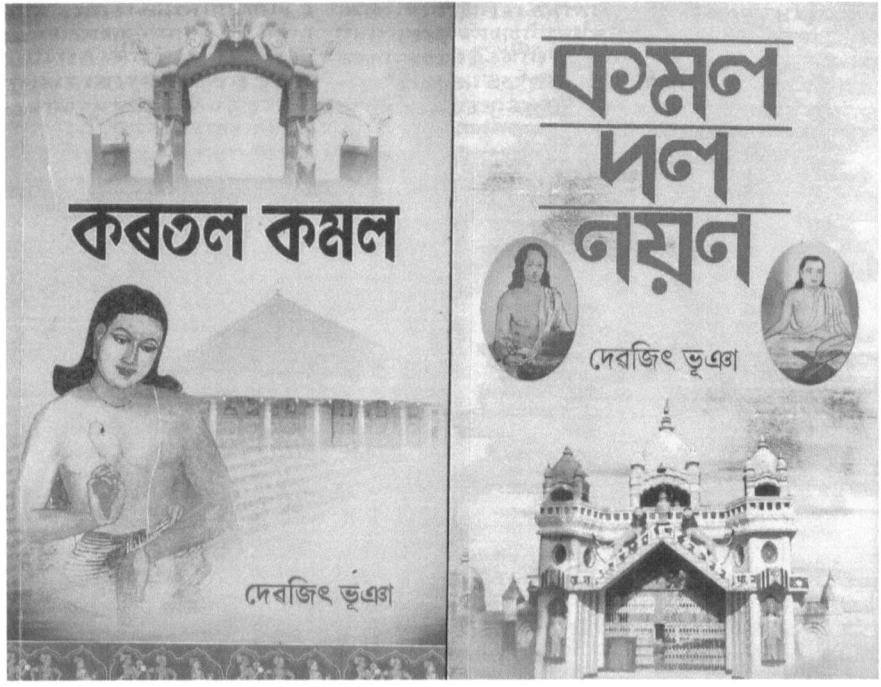

Takut pada pepohonan

Pepohonan di hutan takut dengan suara gergaji
Gergaji bermotor menghancurkan hutan demi hutan dengan sangat cepat
Dahulu kala manusia membutuhkan banyak tenaga untuk menebang pohon
Namun kini dengan gergaji mekanis, bodi menjadi bebas masalah
Dampaknya adalah bencana dan hutan hujan hancur
Pemanasan global memaksa iklim berubah
Gletser mencair dan banjir menimbulkan malapetaka
Dahulu kala, gergaji tangan adalah sahabat manusia dan peradaban
Keanekaragaman hayati dan ekologi, gergaji bermotor merusak.

Politik pergantian partai (di India)

Waktu pemilu adalah waktu terbaik untuk mengubah afiliasi politik
Tapi pergantian partai bukan untuk penyelesaian masalah rakyat
Dalam keserakahan kekuasaan, pemimpin dan pengikut berganti partai
Uang, alkohol, kekayaan dan wanita adalah motivator besar
Mengapa pemimpin menipu pemilih, tidak ada yang suka memantau
 Bagi politisi, melayani rakyat selalu menjadi hal kedua
Mengisi kotak uang mereka sebanyak mungkin adalah hal yang utama
Kekuasaan, otoritas dan uang lebih penting bagi para pemimpin
Hal ini mudah dilakukan, karena mayoritas pemilihnya adalah orang-orang yang bodoh
Waktu pemilihan adalah yang terbaik untuk ramalan cuaca dan perubahan sisi.

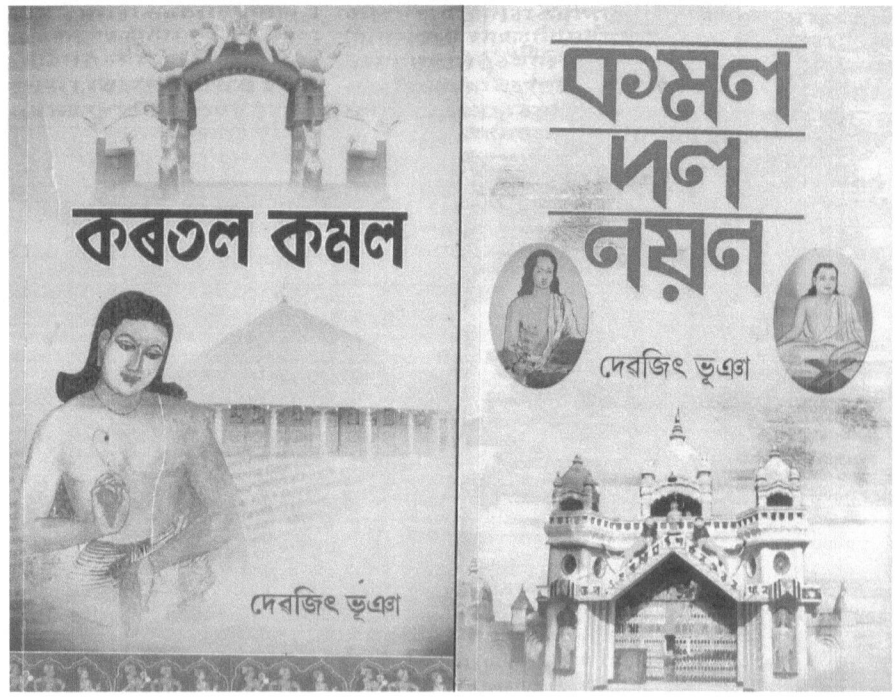

Warna baru

Bunga dengan berbagai warna mekar
Musim semi telah tiba di Assam
Musim Bihu, festival menari
Bunyi gendang (dhool-pepa) memecah kesunyian tengah malam
Di bawah pohon peepal, sepasang sejoli bertemu dengan gembira
Tidak ada kebencian, tidak ada pertengkaran, tidak ada perbedaan warna kulit, kasta, keyakinan, atau agama
Semua orang dalam suasana pesta tanpa adanya perpecahan sosial
Mengenakan baju baru, anak-anak dan remaja bermain dan melompat
Para nenek juga merupakan peserta aktif dalam menari
Bahkan di Kaziranga, anak badak berlari kesana kemari sambil mendengarkan tabuhan genderang.

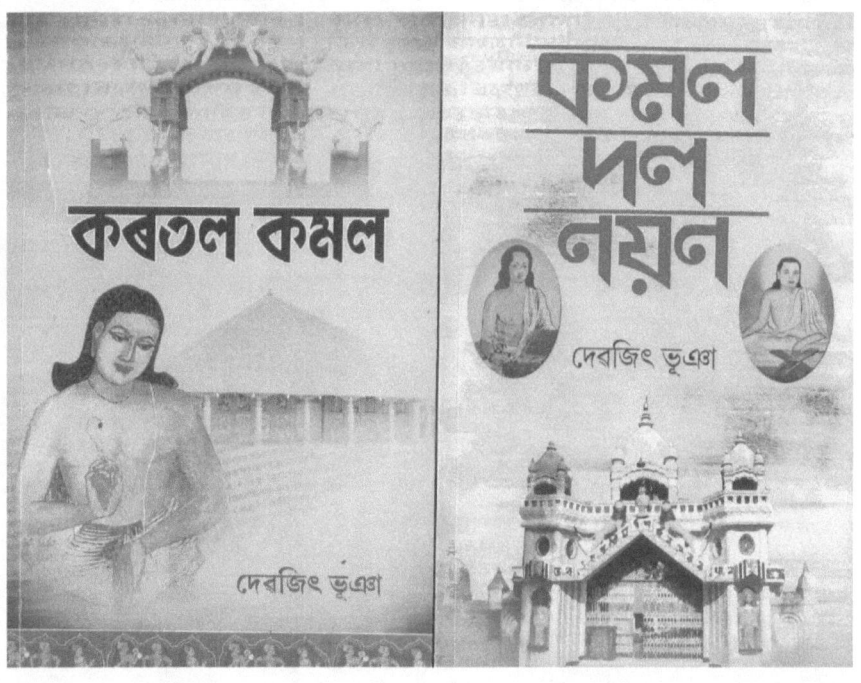

Bertemu di kehidupan selanjutnya

Tidak ada yang tahu apakah ada kehidupan setelah kematian di dunia lain
Keberadaan jiwa yang tidak berkematian mungkin hanya mitos, bukan kenyataan
Jadi, untuk apa menunggu kehidupan selanjutnya untuk mencintai seseorang, katakan aku mencintaimu
Cintai dan nikmati indahnya cinta dalam hidup ini sendiri
Jangan biarkan apa pun menunggu untuk kehidupan imajiner berikutnya
Kegembiraan dan cinta Anda akan berlipat ganda jika ada kehidupan di seberang sana
Tentu saja dengan dunia paralel, definisi hidup akan semakin luas
Namun, nikmatilah pelangi cinta dan indahnya hidup hari ini
Besok, tahun depan, kehidupan berikutnya mungkin datang atau tidak, siapa tahu?

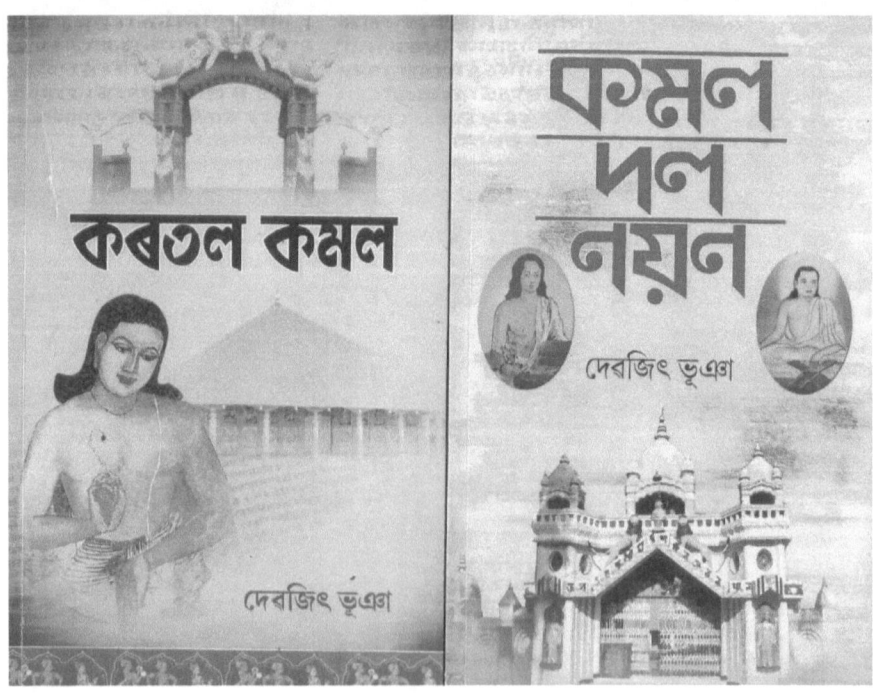

Penindasan

Jangan pernah menindas teman Anda atau siapa pun
Ini akan menimbulkan permusuhan dan pertengkaran
Cinta dan hubungan akan hilang selamanya
Orang-orang akan menghindari Anda karena sifatnya yang gaduh
Kemajuan dan ketenangan pikiran akan hilang karena penindasan
Daripada melakukan intimidasi, lebih baik toleransi dan menangis
Tuhan akan mengutus seseorang untuk menghapus air matamu.

Pendeta

Saat ini bahkan para pendeta pun tidak jujur dan etis
Mereka tidak pernah mengikuti jalan kebenaran dan integritas
Para pendeta menipu orang atas nama agama
Reformasi agama dan masuknya orang-orang baik adalah solusinya
Para pendeta memecah-belah orang dan menghasut untuk berkelahi satu sama lain
Engkau sekalian mempercayai mereka sebagai penyelamat dan ayah baptis
Para perantara ini menghancurkan ajaran agama yang sebenarnya
Karena itu membantu mereka meningkatkan pendapatan mereka
Para pendeta menyamarkan agama dan menjadikannya kotor
Dengan anggur, kekayaan dan wanita, mereka merayakan pesta
Ajaran Yesus masih valid dan sederhana
Dalam agama, perantara hanya menciptakan masalah.

Biarkan matahari terbit

Setiap kali ribuan orang berbaris maju
Suara derap langkah terdengar seperti pantun
Para pemimpin membentuk partai politik baru untuk kepentingannya sendiri
Kekuasaan direbut melalui pemungutan suara dengan janji-janji palsu
Namun permasalahan massa tetap sama
Agitasi dan mobilisasi massa selalu merupakan permainan politik
Para pemimpin tahu betul bahwa mereka akan menjadi penguasa jika mereka memperoleh ketenaran
Pemimpin datang dan pemimpin pergi, dan orang-orang berdiri di belakang mereka
Kekuasaan berpindah dari satu kelompok ke kelompok lain dalam satu siklus
Namun masyarakat miskin tetap miskin dan selalu menghadapi kesulitan.

Bharata, cepatlah

Cepatlah, cepatlah
Jangan tergelincir di jalan
Jangan jatuh di bawah pohon
Banyak sekali lebah yang beterbangan disana
Pohon-pohon besar menjadi sarang bagi pepohonan
Di kota-kota Anda tidak akan menemukannya
Orang-orang menebang semua pohon untuk membangun rumah
Kota adalah hutan beton, polusi, dan mobil
Dari polusi lebah selalu menjauh
Peradaban tidak mempunyai alternatif lain selain kota
Jadi, untuk menetap di sana, semua orang terburu-buru.

Cintai semuanya

Cintai semuanya, cintai semuanya, cintai semuanya
Tidak ada yang membenci keserakahan akan uang
Di dunia ini, cinta adalah madu yang sebenarnya
Ketika Anda mendapatkan cinta, hidup menjadi sukses
Dunia akan menjadi seperti surga
Uang dan kekayaan bisa membusuk seiring berjalannya waktu
Tapi sampai mati, cinta tanpa syarat akan mengalir
Seperti tetesan air di daun, kamu akan bersinar
Pada saat keberangkatan, uang tidak akan menangis
Orang yang mencintaimu, dengan air mata akan mengucapkan selamat tinggal.

Tom, kamu mulai bekerja

Tom, kamu mulai bekerja dan mengurus bisnismu
Tidak ada yang akan memberi Anda makanan gratis selamanya
Ambil gergaji dan palu di tangan Anda
Tidak ada kekurangan peluang di dunia ini
Orang-orang dari negara bagian lain menghasilkan banyak uang di Assam
Tapi Anda bilang, tidak ada peluang di negara saya
Bicarakan komputer, pena, dan buku di tangan Anda atau sekadar menanam pohon
Suatu hari pohon-pohon itu akan memberi Anda buah-buahan, hidup akan bebas dari ketegangan.

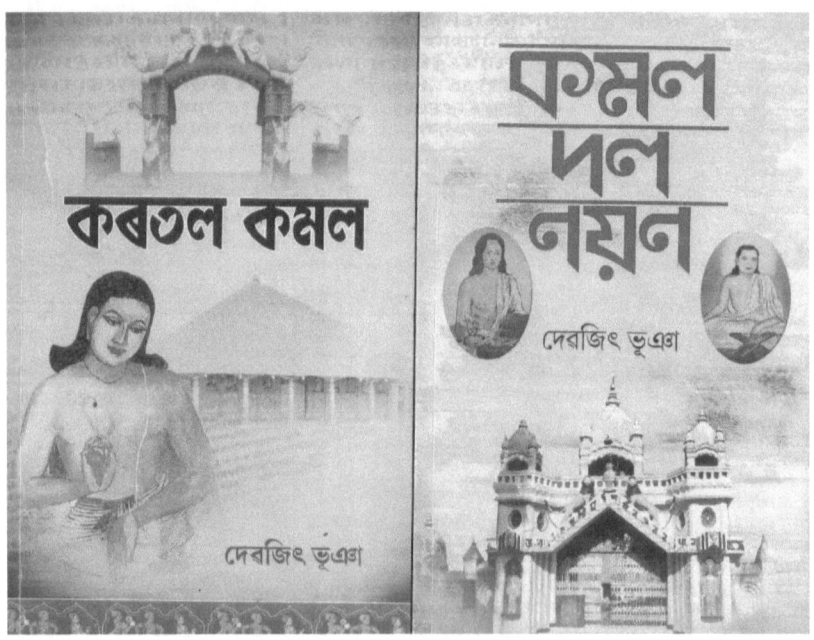

Pada saat kematian

Pada saat keberangkatan terakhir Anda
Uang tidak akan menjadi teman Anda
Rumah indahmu tidak akan menemanimu
Barang-barang kesayangan yang Anda kumpulkan akan tetap tersebar
Tidak ada kehidupan ini yang akan ada di sisi lain setelah kematian
Mayat yang terdiri dari daging dan tulang akan berada di bawah kubur
Jika Anda tidak pernah membantu siapa pun selama hari-hari buruk mereka ketika Anda masih hidup
Di kuburanmu tidak ada yang akan mempersembahkan bunga setelah kematianmu
Semasa hidup, jadilah baik hati, murah hati, dan membantu orang lain
Cintai orang-orang selama kesakitan dan kesusahan mereka
Bahkan setelah kematian, ingatan Anda akan terus berkembang.

Burung pipit rumah

Cintai burung kecil yang tinggal di dekat rumah Anda
Sahabat manusia sejak lama
Bagian dari sejarah kemajuan homo sapiens
Tidak pernah meninggalkan manusia selama sepuluh ribu tahun perjalanan panjang
Namun sekarang mereka berada dalam bahaya di kota dan desa
Hutan beton menghancurkan habitatnya
Cintai burung kecil ini dan bantu mereka dari kepunahan
Jika tidak, umat manusia akan kehilangan salah satu teman terbangnya.

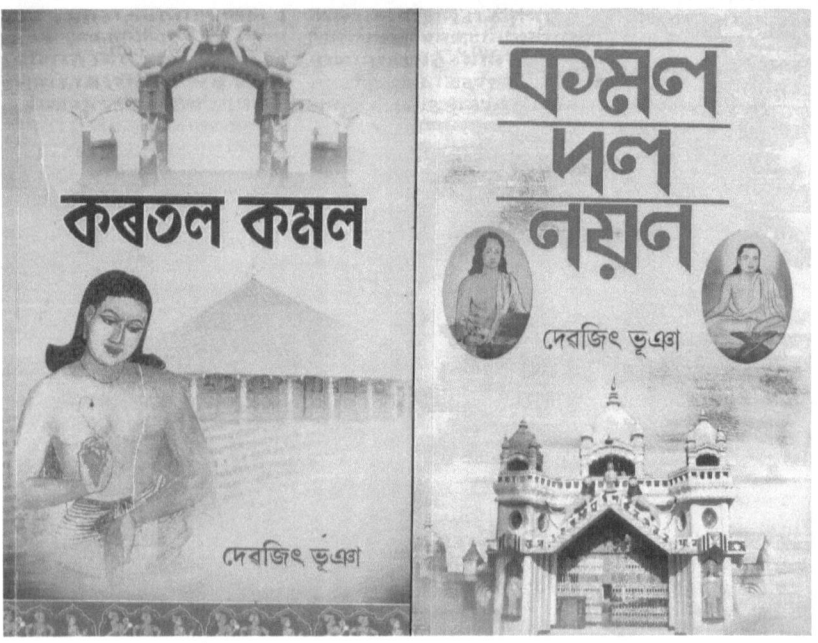

Gemerlap uang

Jutaan orang menderita kelaparan
Namun pemborosan bahan makanan terus berlanjut
Orang kaya lebih banyak membuang-buang uang dengan kekuatan uang
Karena kemewahan dan hobinya, mereka mengeluarkan lebih banyak karbon
Bagaimana masyarakat miskin yang kelaparan akan berkontribusi terhadap solusi nol karbon?
Sebuah kota besar dan maju mengeluarkan karbon lebih banyak dibandingkan kota miskin
Tunjangan emisi karbon yang adil adalah satu-satunya solusi
Perubahan iklim dan pemanasan global akan segera mematikan
Bahkan orang terkaya di antara orang kaya pun akan menjadi korban dan jatuh.

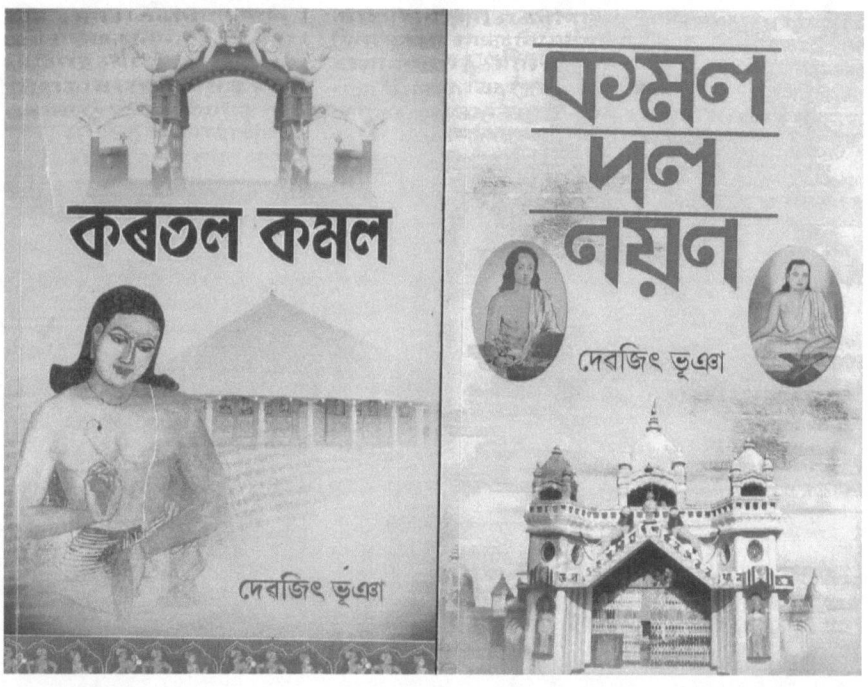

Bersiaplah untuk bekerja

Bahkan jika Anda berdoa kepada Tuhan dengan tulus
Baik Tuhan maupun siapa pun tidak akan datang untuk melakukan pekerjaan Anda
Hentikan kesalahpahaman Anda bahwa doa saja sudah cukup
Bersiaplah untuk melakukan pekerjaan Anda sendiri menjadi efisien
Kalau perlu bangun jalan dan jembatan sendiri, jangan tunggu siapa-siapa
Berenanglah menyeberangi sungai dan lautan dan jangan menunggu Tuhan mengirimkan perahu
Begitu Anda mulai melakukannya, orang-orang akan bergabung dan uluran tangan akan menyusul
Tim akan berkembang dan Anda akan menjadi pemimpinnya
Tapi tanpa kerja, tidak ada yang akan memberimu topi atau bulu.

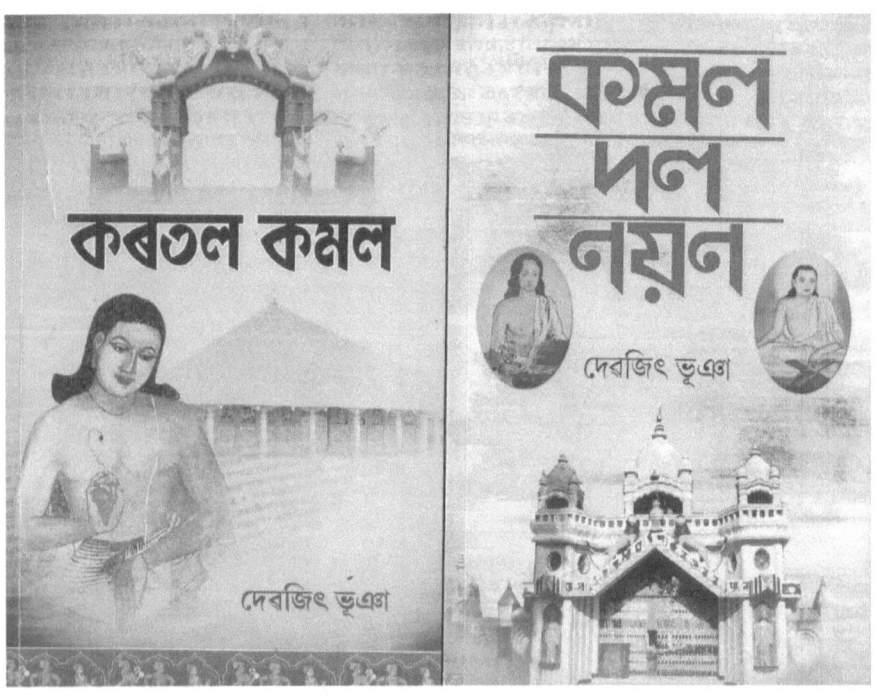

Kehidupan yang sukses

Hidup tidak akan sukses hanya dengan kekuatan uang
Hidup tidak akan sukses hanya melalui doa
Bahkan kerja keras saja tidak bisa memberikan kesuksesan
Hidup tidak akan sukses hanya melalui hubungan
Kehidupan juga tidak akan sukses melalui tulisan Anda
Hidup tidak akan sukses jika memiliki lebih banyak keturunan
Hidup akan sukses melalui kegigihan di jalan cinta
Dan karya kemurahan hati untuk kemanusiaan dan umat manusia.

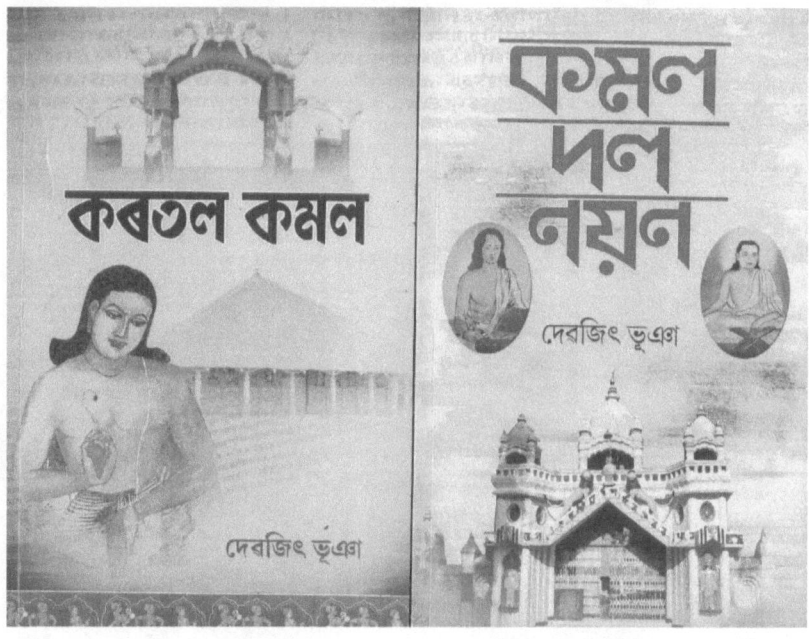

Assam Emas

Assam bagaikan emas cemerlang yang berkilauan
Keindahan alam sehari-hari terungkap
Namun Assam terbelakang dan terbelakang
Selama musim panas Assam terendam air
Selama ratusan tahun orang membicarakan hal itu
Namun permasalahan banjir belum juga teratasi
Orang-orang korup menyedot uang negara
Masih tetap melelahkan perjalanan manusia biasa
Wahai generasi muda bersatu dan maju
Hukum politisi korup dan berikan hadiah kepada Assam.

Lilin

Lilin memberikan cahaya terang pada kuburan
Ini memberikan kenangan orang mati saat terbakar
Orang-orang mengingat penyakit itu setahun sekali
Berdoalah kepada Yang Maha Kuasa dengan cahaya lilin
Kuburan bukan sekadar tempat membuang mayat
Ini adalah tujuan akhir dari setiap teman, musuh atau musuh
Cahaya lilin harus mencerahkan semua orang saat masih hidup
Sambil menyalakan lilin, selalu ingat tujuan akhirnya.

Kerajaan Awadh

Pernah menjadi kerajaan yang megah di India
Penguasa segala raja, Rama, menegakkan supremasi hukum
Tidak ada kejahatan, tidak ada rasa takut, tidak ada penindasan terhadap suara-suara yang berbeda pendapat
Bahkan Sita dan Lakshmana pun dibuang
Kehidupan di Awadh murni dan sederhana
Namun kerajaan yang sedang berkembang tidak dapat menahan perubahan
Kini yang tersisa hanyalah sejarah dan monumen-monumen yang sudah rusak
Dengan Kuil Rama yang baru, kejayaannya yang hilang dihidupkan kembali.

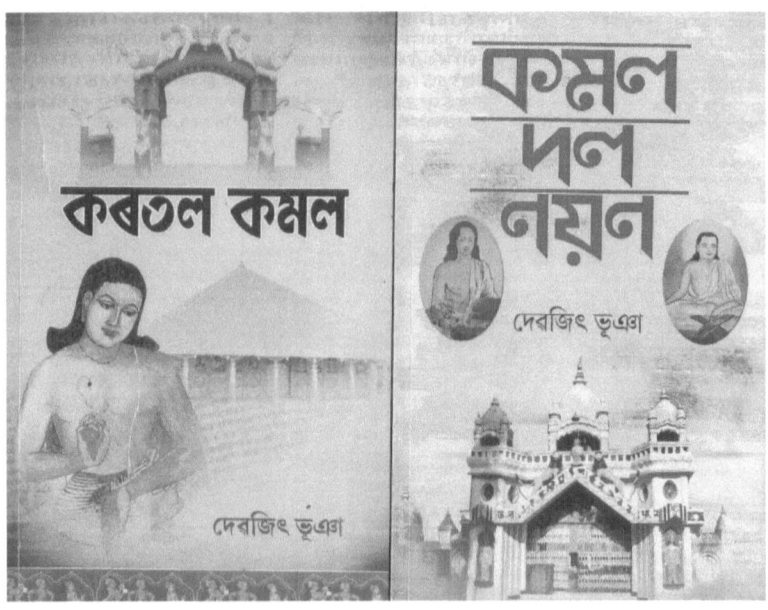

Beludru

Sentuhan beludru begitu lembut dan lembut
Seolah-olah merupakan perpaduan lembut kapas dari alam
Tampil cantik dan memukau dengan warna berbeda
Pakaian beludru pernah dianggap sebagai ratu pakaian
Kemuliaan beludru meski pudar tetap ada
Ketertarikan beludru bahkan sampai sekarang, orang tidak bisa menolaknya.

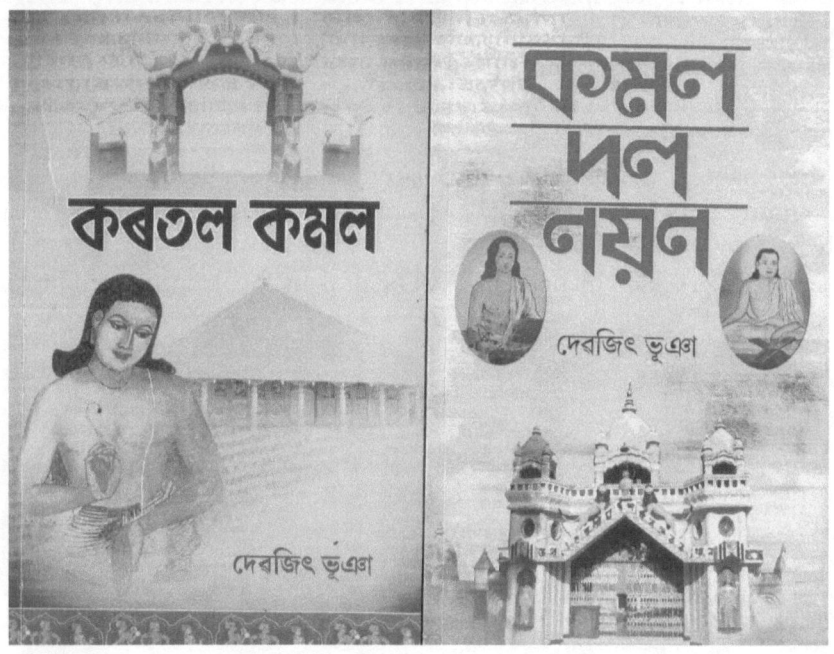

Bulan

Bulan sering muncul dan menghilang pada jalur orbitnya
Saat Bulan menghilang di fajar, burung-burung mulai berkicau
Orang-orang melakukan puasa keagamaan sambil melihat revolusi Bulan
Setelah dianggap sebagai Tuhan, manusia sudah lama mendarat di permukaannya
Kini manusia berlomba untuk menjajah Bulan melalui teknologi
Bulan telah berdampak pada planet bumi sejak kelahirannya sebagai satelit
Pasang naik, surutnya air laut merupakan efek gravitasi Bulan
Sebentar lagi, koloni manusia akan berada di Bulan dan konflik antar bangsa
Mitos bahwa ada kehidupan di Bulan terjadi secara berbeda
Namun menghancurkan keberadaan Bulan secara alami mungkin berbahaya
Tanpa Bulan, iklim planet bumi kita tidak akan cocok untuk kehidupan.

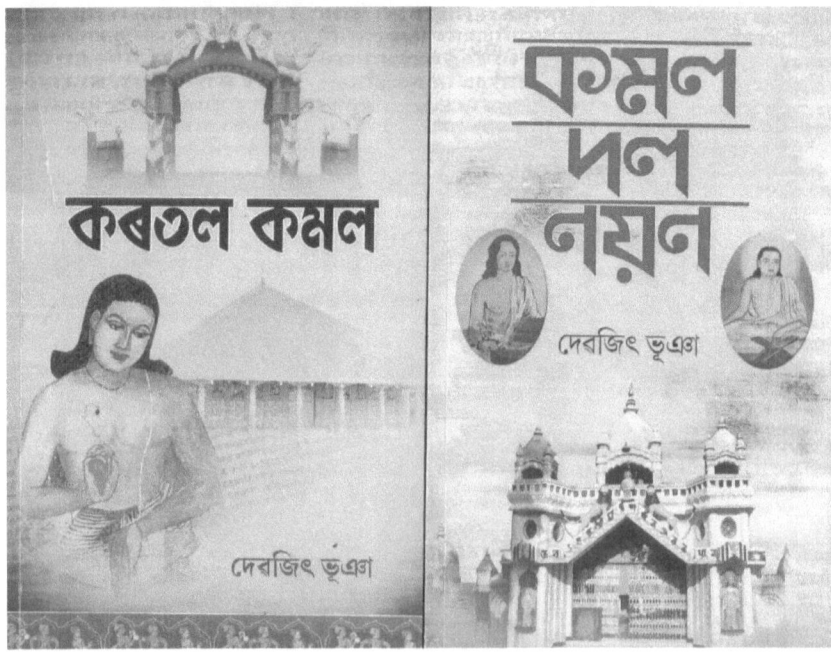

Kelinci

Bersikaplah baik kepada kelinci yang tidak bersalah
Mereka tidak cukup kuat
Semua hewan ingin membunuh mereka
Tapi dengan bulu putih, mereka adalah keindahan hutan
Berkeliaran kesana kemari dengan riang dan gembira
Jangan pernah merugikan siapapun dengan alasan apapun
Tapi dagingnya yang lezat mendatangkan musuh
Manusia juga membunuh mereka demi kesenangan dan bulu
Terkadang mereka terpaksa hidup di penjara
Mereka tidak menyukai alasan yang dipaksakan oleh manusia
Manusia telah menghancurkan habitat aslinya
Sekarang menyelamatkan mereka akan menjadi pujian kecil.

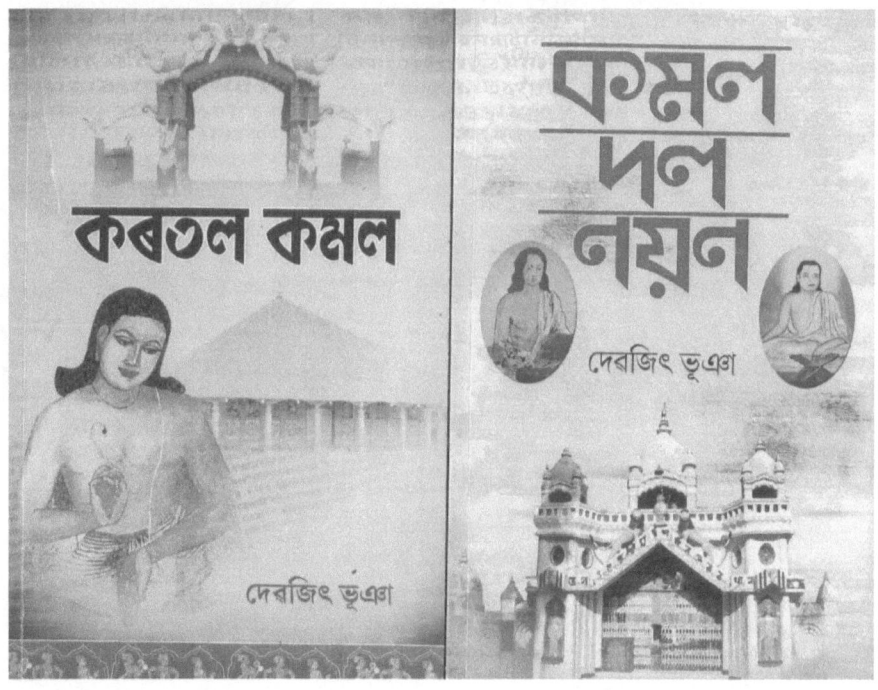

Pertengkaran

Wahai anak kecil, jangan bertengkar, itu akan merusak permainanmu
Kemarahan akan meledak dan tidak ada permainan lagi selama berminggu-minggu
Kemarahan sangat buruk dalam cara bermain yang menyenangkan
Kurung amarah dan pertengkaran Anda dalam botol
Di negeri Sankardeva, pertengkaran tidak mempunyai tempat
Saling mencintai dan bermain gembira bersama teman-teman
Seiring bertambahnya usia, hari-hari ini akan membantu menghentikan pertengkaran
Masyarakat akan rasional dan bebas dari kekerasan.

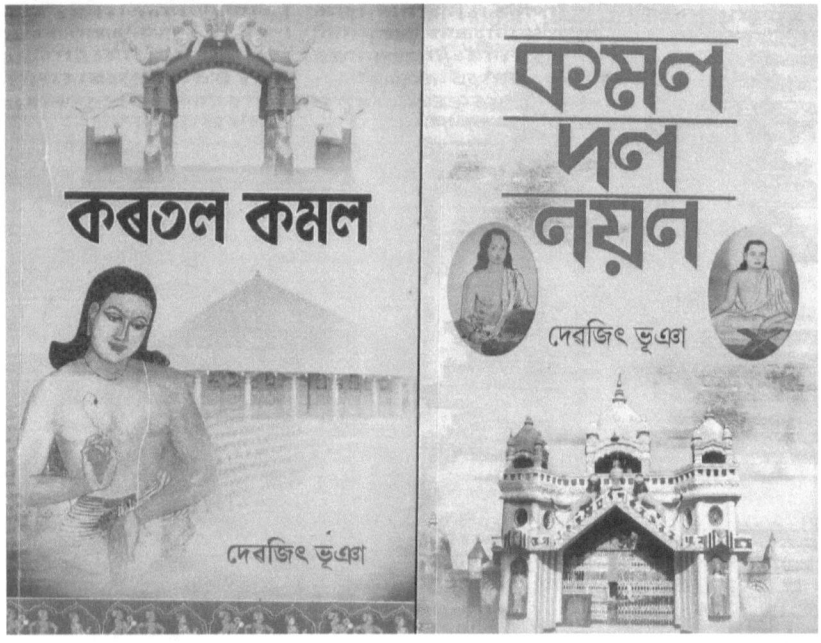

Badak, melawan untuk bertahan hidup

Badak, jangan takut pada pemburu liar
Sadarilah, betapa kuatnya kamu dengan klakson itu
Bertarung dengan manusia untuk bertahan hidup
Bawalah bersamamu rusa, gajah sebagai pendamping
Berteman juga dengan Raja Kobra
Semuanya menjadi penyelamat Kaziranga
Kaziranga adalah negerimu sejak dahulu kala
Elang dan kerbau liar juga akan ada di tim Anda
Jangan seperti ular piton yang tidur sendirian sepanjang waktu
Anda adalah pemimpin hewan di Kazinga, perlawanan
Suatu hari akal sehat akan menguasai manusia
Anda akan memenangkan perlombaan untuk bertahan hidup dengan semua hewan.

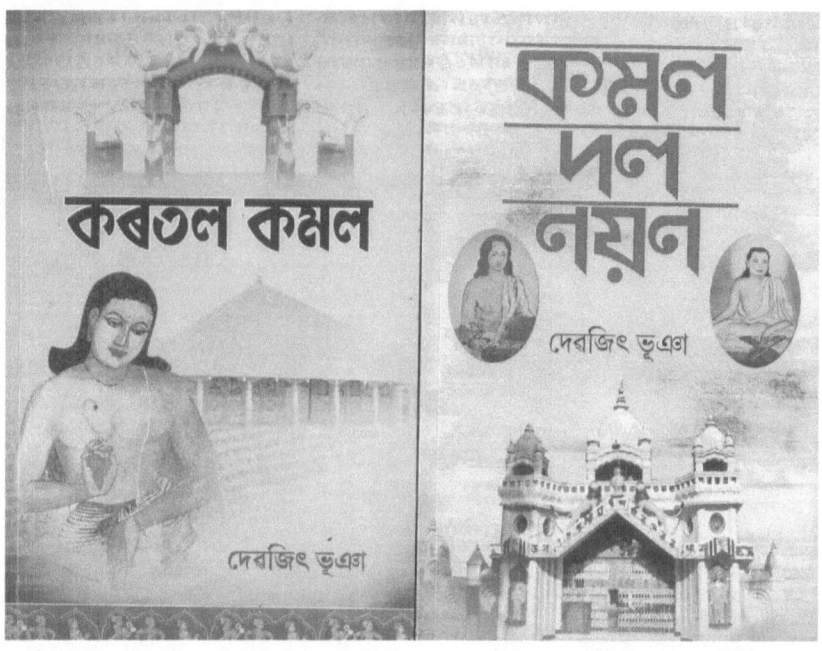

Gelombang sungai

Terkadang riak sungai menjadi gelombang
Air mengalir deras ke dataran sebagai banjir
Zig zag menjadi aliran sungai
Jalan, rumah tanaman, semuanya terendam air
Lapisan lumpur dan pasir menghancurkan rumah-rumah
Namun rerumputan hijau tumbuh kembali setelah banjir
Seolah padang rumput mengundang banjir untuk peremajaan.

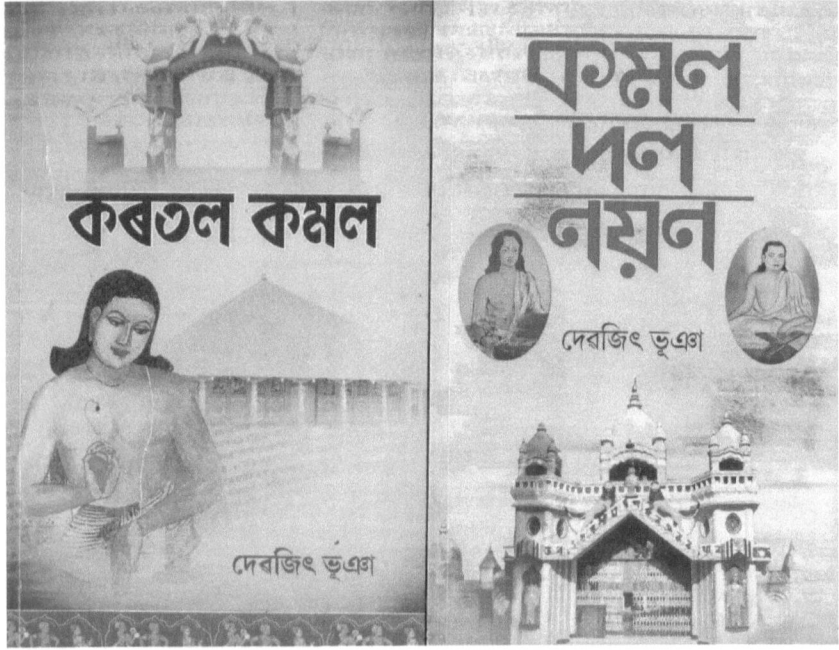

Nyamuk

Lahir di perairan tertutup
Kedengarannya seperti lebah madu kecil
Selalu rakus akan darah manusia
Meskipun hidup ini hanya beberapa hari dan singkat
Selama musim panas, berkembang biak seperti rumput liar
Membawa demam dan penyakit lainnya pada manusia
Kota Assam di Guwahati adalah Mekah bagi Nyamuk.

Ahli nujum

Ahli astrologi bukanlah wakil Tuhan
Seringkali prediksi mereka salah
Apa yang disebut perhitungan para astrolog adalah penipuan
Mereka menipu orang dan mendapatkan uang untuk keuntungan mereka sendiri
Namun masyarakat awam percaya bahwa usia sudah tua adalah keyakinan buta
Dengan lebih banyak uang, mereka mengucapkan kata-kata manis dan prediksi yang lebih baik
Namun tanpa uang, mereka akan menerapkan terlalu banyak pembatasan.

Usia enam puluh

Pada usia enam puluh tahun Anda tidak dapat berlari seperti ketika Anda berusia dua puluh tahun
Tubuh menjadi lemah, rapuh dan tulang menjadi rapuh
Retak atau kerusakan tulang tidak pernah sembuh dengan cepat
Padahal pikiran Anda mungkin masih semuda remaja atau remaja
Namun setelah beberapa kali bekerja, tubuh Anda akan ingin beristirahat
Terimalah bahwa Anda tidak bisa berlari secepat yang Anda lakukan saat kuliah
Bahkan untuk tambahan premi, perusahaan asuransi enggan
Jaga kesehatan dan jantung Anda di usia enam puluh lebih
Tanpa olahraga dan berjalan terlalu cepat Anda akan berkarat.

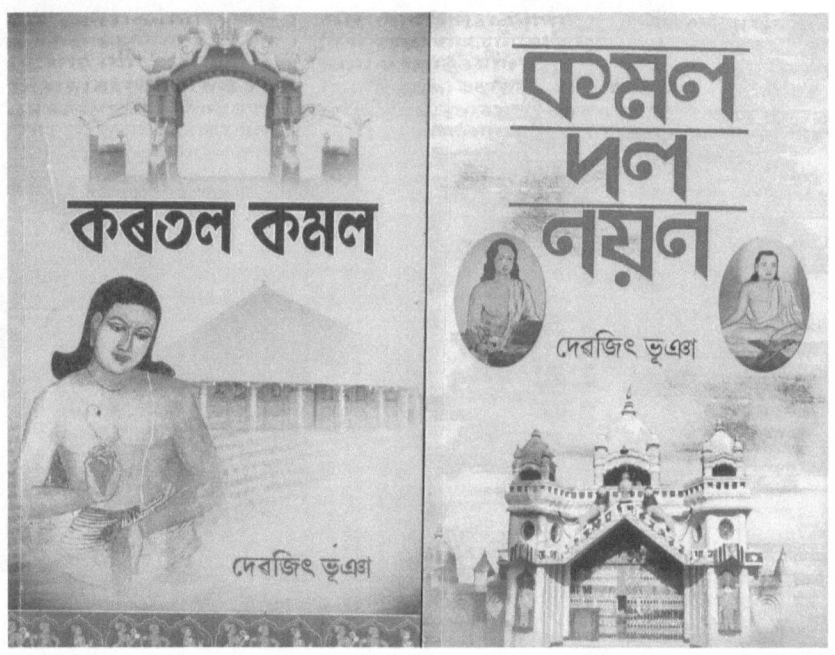

Ibu yang tidak membusuk

Orang-orang akan datang dan orang-orang akan pergi
Pikiran akan berubah setiap saat
Terkadang orang akan memuji
Terkadang orang akan menolak
Terkadang orang akan bersikap acuh tak acuh
Tapi seperti bukit dan gunung
Ibu akan selalu bersamamu
Kecintaannya pada anak-anak tidak perlu dipertanyakan lagi
Itulah sebabnya evolusi terus berjalan
Dan peradaban manusia kita terus berlanjut.

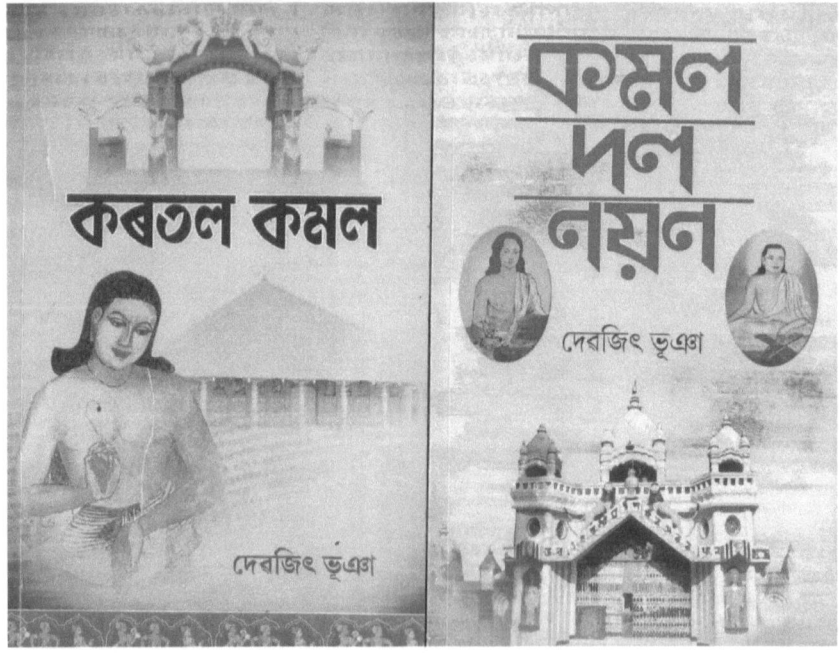

Assam tercinta

Assam adalah tempat favorit kami
Kami selalu ingat bahkan di luar negeri
Setiap hari kami berpikir untuk kembali
Buah-buahan di sini beragam dan berair
Iklim sedang terlalu menyenangkan untuk dirasakan
Varietas padi dengan keanekaragaman hayati yang unik
Badak dan hewan bertanduk satu meningkatkan kesejahteraan
Orangnya sederhana dan tidak rakus akan kekayaan
Tanah Air Assam adalah kekuatan kami yang sesungguhnya.

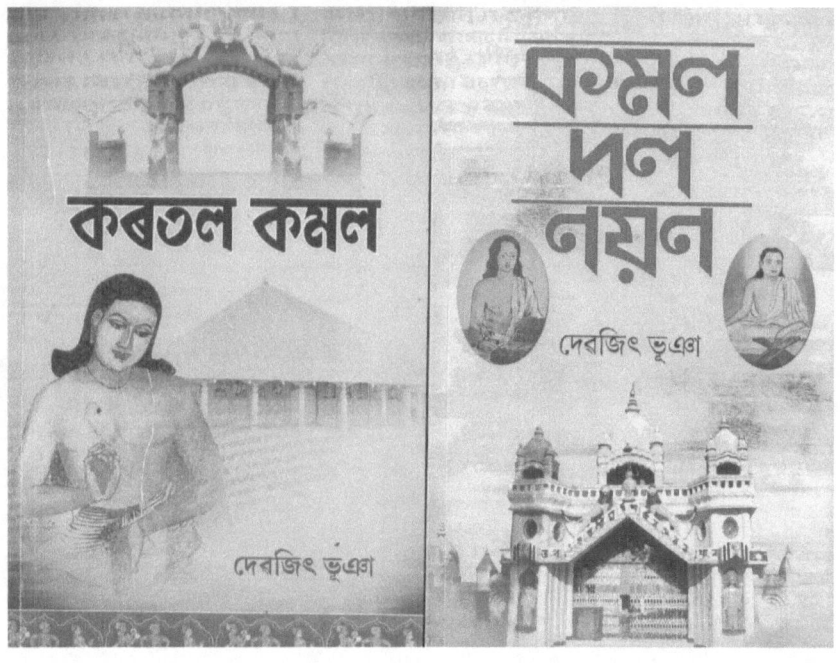

Balsem cinta

Balsem dapat menyembuhkan gatal akibat cacing sayap
Kami mengambil balsem untuk menghilangkan berbagai penderitaan
Namun dalam penderitaan mental, cinta adalah satu-satunya balsem
Sembuhkan kepedihan pikiran seseorang dengan cinta dan perhatian
Ini akan memberikan kesenangan pada pikiran Anda sendiri
Takhayul tidak dapat menyembuhkan penyakit fisik dan mental
Tanduk badak atau gigi harimau tidak memiliki kekuatan penyembuhan magis
 Mereka adalah makhluk lugu dengan keindahan
Membunuh badak untuk penyembuhan hanyalah kegilaan
Cintai setiap ciptaan Tuhan dengan kebaikan.

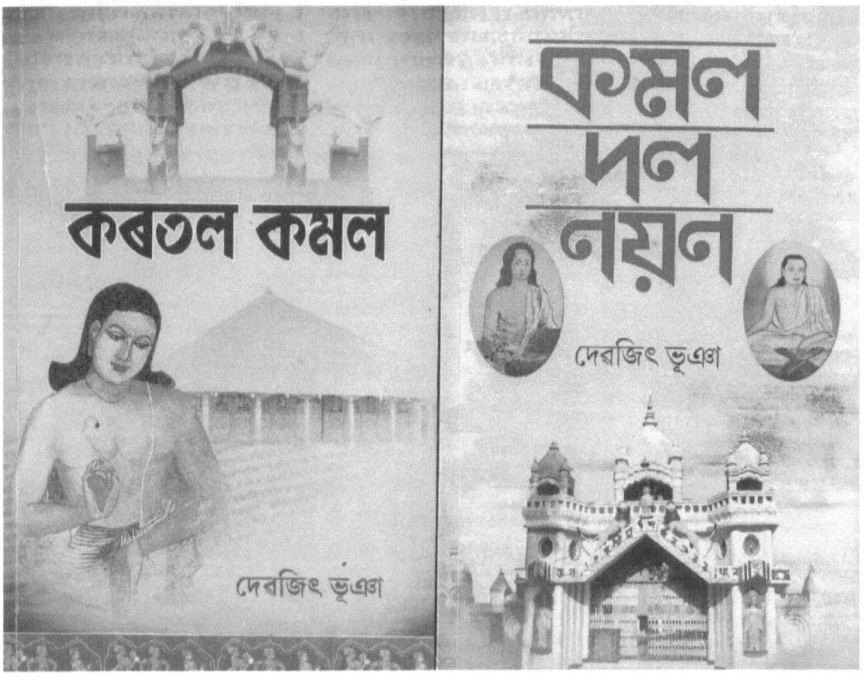

Informasi rumah dan keluarga

Pikiran sebagian besar orang masih sedih dan tertekan
Saat ini situasi di depan rumah tidak baik dan sederhana
Hubungan terlalu rumit untuk membuat rumah tangga terasa manis
Ketika rumah kita sendiri tidak dalam keadaan baik dan harmonis
Bagaimana kita bisa memikirkan keharmonisan di kota dan desa?
Setiap orang harus bekerja demi lingkungan rumah yang kondusif
Buang ego dan rasa superioritas palsu di dalam rumah
Mengubah rumah, cinta, gairah dan sikap melepaskan adalah caranya
Ketika negara dalam negeri berada pada jalur yang benar, negara juga akan terguncang.

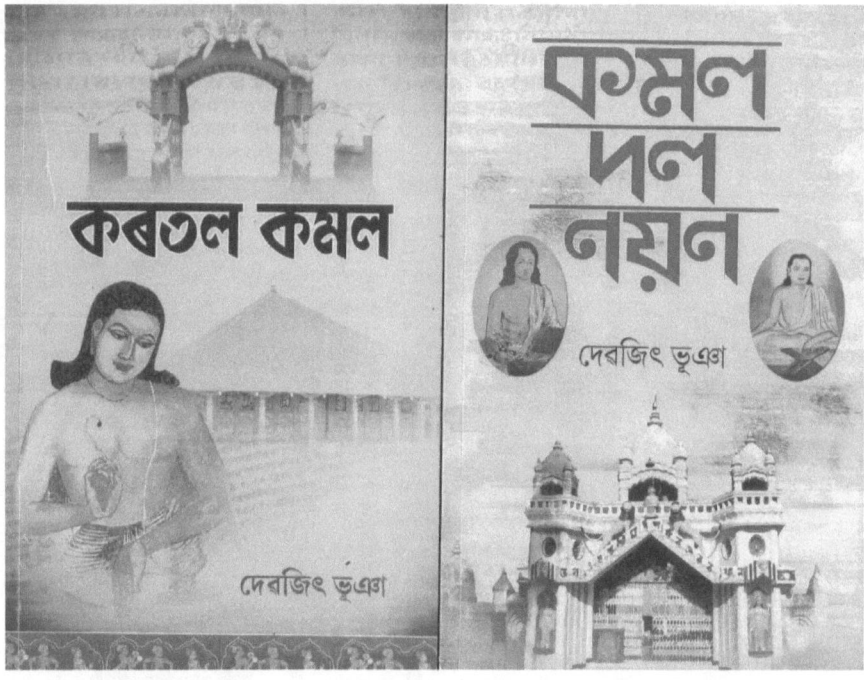

Uang datang melalui kerja keras

Uang tidak pernah tumbuh di ladang atau di pepohonan
Tapi budidaya bisa menghasilkan uang
Uang yang diambil sebagai pinjaman harus dikembalikan
Itu bukan uang hasil jerih payah Anda sendiri
Uang yang diperoleh melalui kerja keras hanyalah madu
Jangan buang waktu memikirkan bagaimana uang akan datang
Jika Anda berjalan di jalan yang benar, Anda akan menemukan uang di mana-mana
Tetapi bahkan untuk mengumpulkan uang pun, Anda harus bekerja keras
Jalan menuju uang selalu penuh rintangan dan duri
Jadi jangan buang waktu, waktu adalah uang dan untuk mempunyai uang perlu waktu.

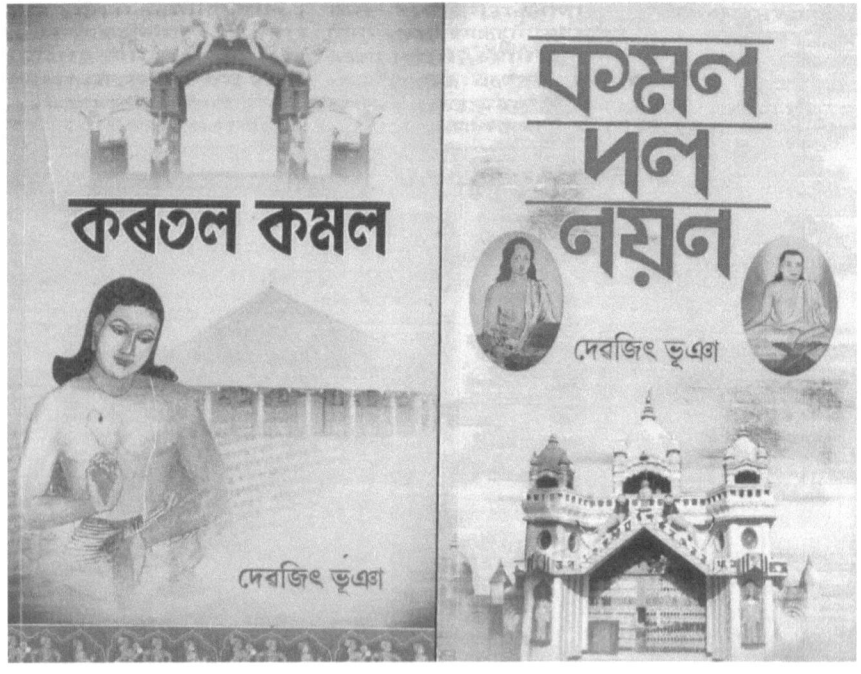

Banteng

Banteng mulai membajak untuk manusia dan peradaban pun berubah
Namun sapi jantan hanya mengambil bagian minimal dari budidaya
Padahal tidak ada keluhan atau dendam karena kecerdasannya yang lebih rendah dibandingkan manusia
Orang-orang bahkan menyembelih sapi jantan selama festival untuk mendapatkan dagingnya
Sapi jantan adalah anak-anak Tuhan yang kecil dan tidak berdaya
Apa salahnya jika kita memberikan perlakuan etis kepada mereka?
Dalam kemajuan peradaban manusia, kontribusinya sangatlah besar.

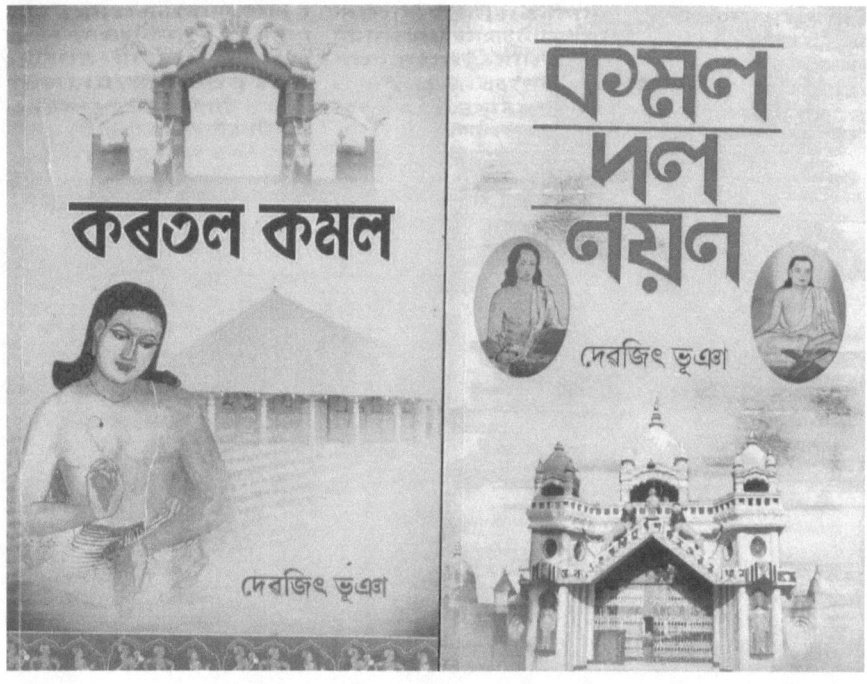

Amarah

Kemarahan adalah musuh terbesar kita
Dalam kemarahan, orang-orang membunuh orang-orang terdekat dan tersayang
Keluarga, negara hancur
Di saat yang panas, insiden besar terjadi
Dan penderitaan terus berlanjut seumur hidup
Kendalikan amarah Anda setiap hari, setiap saat
Manfaatnya akan sangat besar dan tidak ternilai harganya
Anda akan mulai mencintai semua orang dan semua orang akan mencintai Anda
Ribuan bunga akan mekar dengan pelangi.

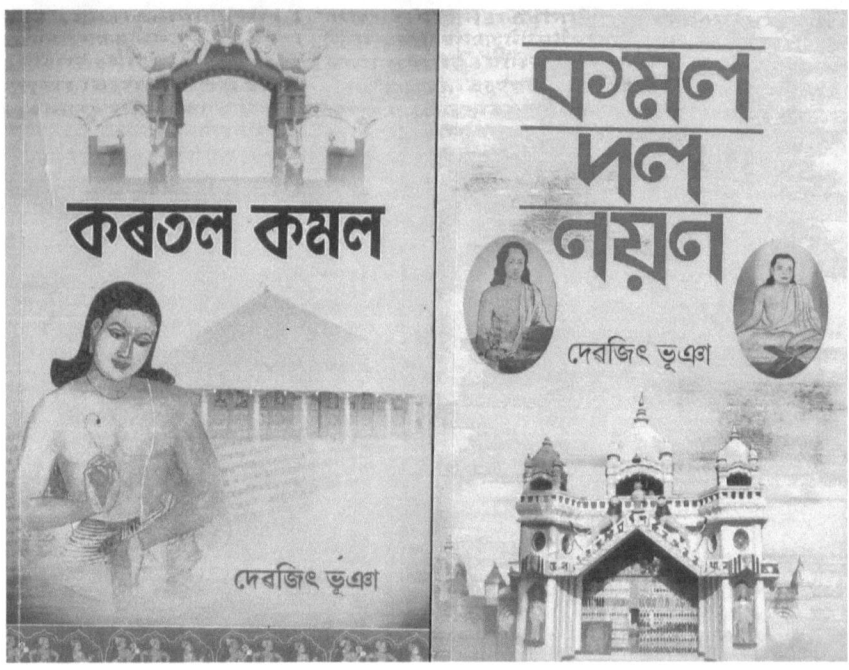

Tiupan panas, tiupan dingin

Kadang-kadang berhembus panas, jika waktu menuntut, berhembus dingin
Untuk menjadi sukses dalam hidup, ini adalah aturan penting
Jika Anda menjadi terlalu panas, tujuan Anda tidak akan tercapai
Jika Anda menjadi terlalu kedinginan, orang akan mengambil keuntungan
Dalam berbicara bersikaplah sopan, tetapi bila perlu berbicaralah dengan tegas
Dalam situasi apa pun tidak perlu menjadi sulit diatur atau kasar
Ketika kesalahan dan kesalahan ada di pihak Anda, jangan pernah marah
Kalau tidak, orang-orang akan menyudutkan Anda seolah-olah mereka lapar
Bereaksi sesuai situasi dan keadaan adalah baik untuk kehidupan
Ingatlah untuk selalu memarahi, yang benar hanya pada istri.

Hoitas toitas

Jangan pernah menjadi angkuh dalam ego
Orang-orang akan segera mengetahui sikap hoity toity Anda
Kecintaan orang padamu mencair seperti es
Lebih baik bersikap rasional dan berperilaku sopan
Sikap hoity-toity akan membuat Anda terpuruk
Orang-orang akan melengserkan mahkota yang Anda peroleh dengan susah payah
Sikap bangga akan menggali kuburan bagi niat baik Anda
Bahasa tubuh Anda yang sok akan mendorong Anda dari puncak bukit.

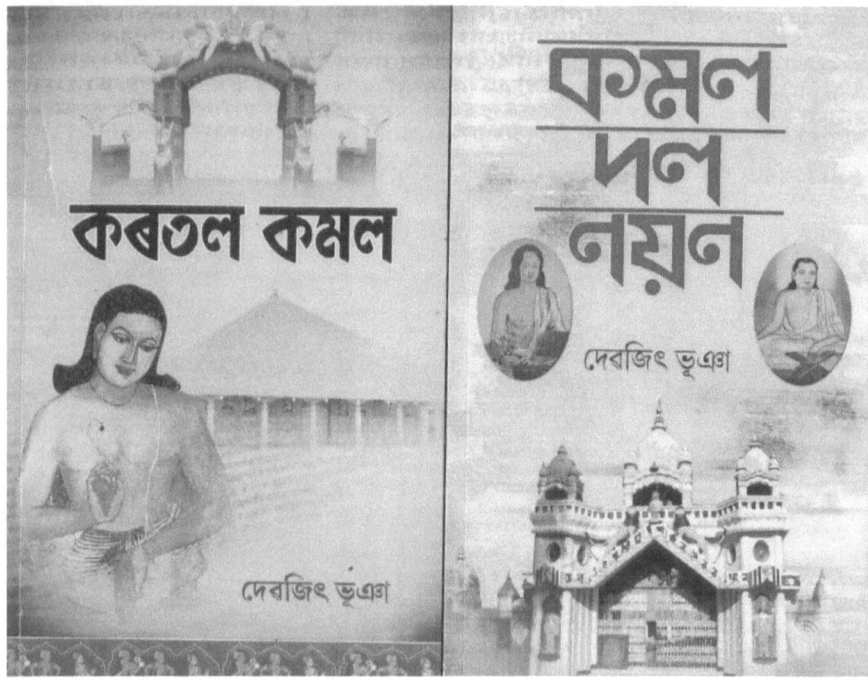

Cinta dan kasih sayang tahun baru

Ambillah cinta dan harapan terbaik untuk tahun baru
Dengan itu ambillah tujuh warna pelangi
Warna pepohonan telah berubah
Pada festival Bihu, orang-orang membeli baju baru
Semua orang menikmati festival dengan warna berbeda
Bahkan lembu jantan dan sapi pun memakai tali baru
Beberapa orang mengambil sampah di hadapan Tuhan demi masa depan yang lebih baik
Hilangkan kebencian, kecemburuan, dan ego di tahun baru
Di bawah pohon peepal terdengar suara genderang (dhool)
Para penari muda itu gembira dan ceria
Selama festival Bihu, suasana hati Assam sedang ceria
Badak dan burung di hutan juga gembira dan menari
Suasana di Assam meriah dan ceria serta gembira.

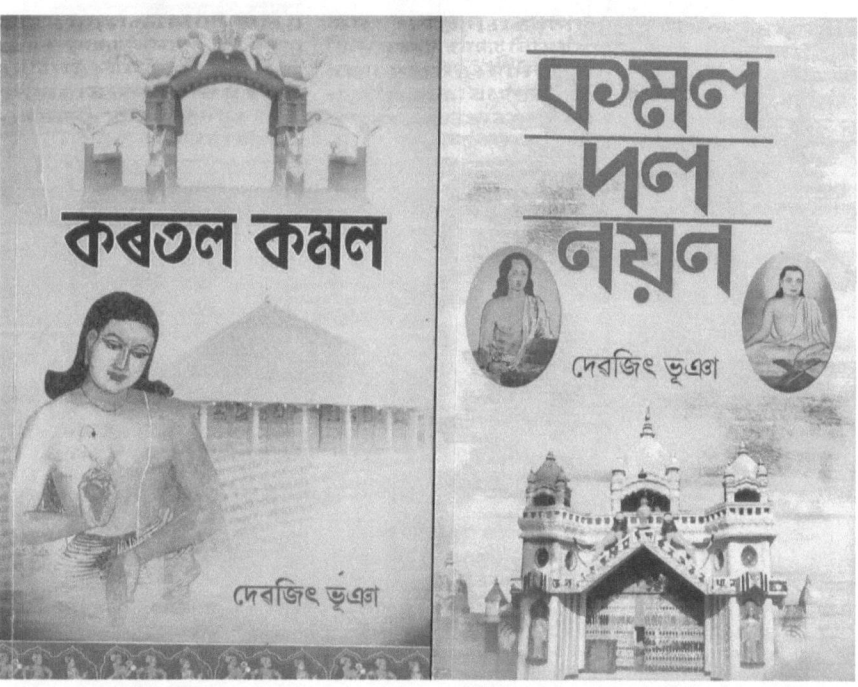

Cuaca Assam selama bulan Maret-April

Cuaca menjadi menyenangkan dan indah
Awan putih terbang di langit biru
Di jalan raya, kendaraan melaju kencang
Karena beban kerja yang berat, Pawan urung berkunjung ke rumah
Pikiran Ikon murung karena absennya Pawan
Dia melihat ke arah pohon melati krep yang sedang mekar
Pikirannya menjadi ceria mendengar suara gendang (dhool)
Dia berlari bersama teman-temannya ke ladang Bihu
Di bawah pohon peepel semua menari bersama
Bihu adalah garis hidup budaya Assam
Maret-April adalah waktu cuaca yang indah.

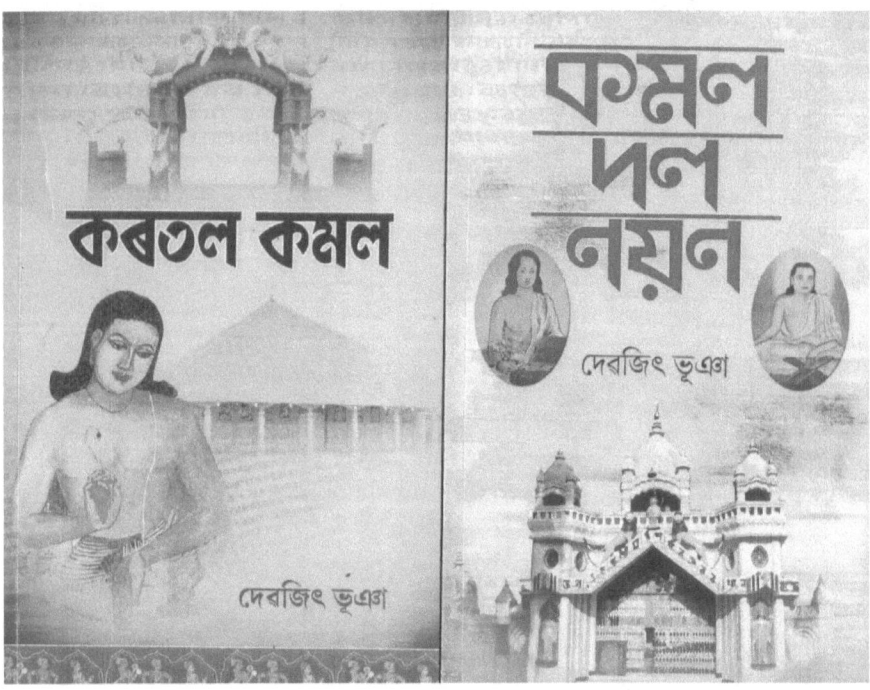

Cinta bulan April

Ambillah cintaku April, saat suasana pesta
Aku tidak bisa memberimu pakaian atau perhiasan yang mahal
Kantong saya tidak penuh dengan uang
Namun hatiku adalah cinta dan kasih sayang
Jalan keserakahan akan uang penuh duri
Namun jalan cinta dengan keharuman yang tak terhingga
Bulan April adalah bulan membeli oleh-oleh mahal bagi orang kaya
Bagiku ini adalah bulan untuk menyebarkan persaudaraan dan cinta
Saya mungkin tidak bisa memberi Anda sebotol anggur yang mahal
Namun hatiku leluasa menjengukmu karena telah memberikan pelukannya
Bagiku, tidak ada hadiah yang lebih penting atau mahal selain wajah bahagiamu
Begitu kamu memelukku dan tersenyum gembira, seluruh dunia menjadi milikku.

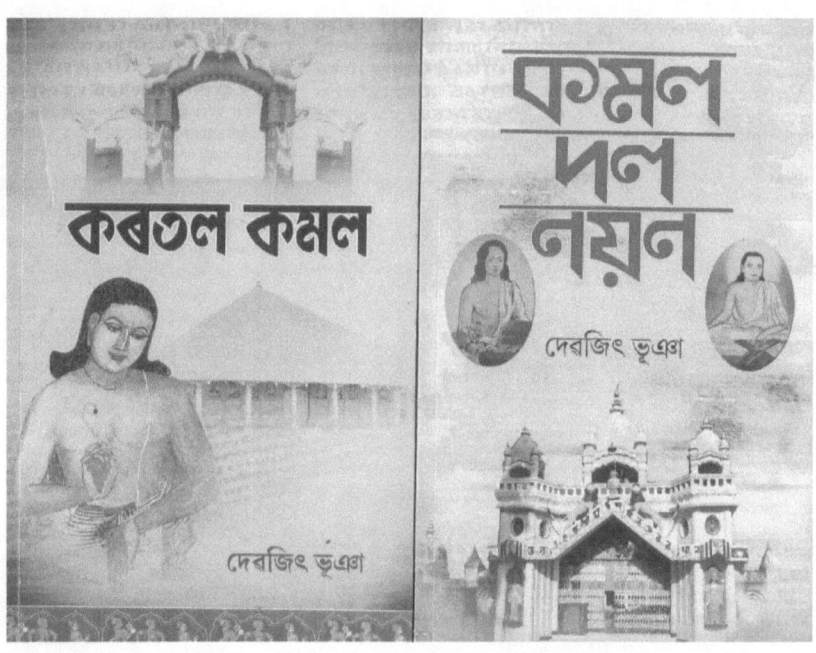

Dunia yang aneh

Ini adalah dunia yang aneh
Yang kaya terlalu kaya, yang miskin pas-pasan
Tidak ada apa pun di timur dan rumah untuk tidur
Tidak ada seorang pun yang peduli dengan penderitaan orang miskin
Mobil-mobil mewah berhenti di dekat salon kecantikan
Ribuan dolar dihabiskan untuk perawatan dan pewarnaan rambut
Tapi tidak ada satu sen pun yang tersisa untuk pengemis yang duduk di jalan
Ini benar-benar dunia yang aneh dari manusia hewan tertinggi
Setiap saat orang sibuk melakukan hal-hal yang tidak masuk akal
Di dunia ini sangat sulit mencari penghidupan melalui kejujuran
Tapi jutaan dolar datang melalui penipuan dan menipu orang
Namun untuk dunia yang lebih baik, integritas dan kejujuran adalah hal yang sederhana.

Cinta ibu

Ibu ibu, ibu tercinta
Ibu ibu, ibu yang penuh kasih sayang
Surga juga tidak setara dengan ibu
Cinta mengalir seperti sungai
Tidak ada cinta yang lebih murni dari cinta ibu
Dia memaafkan setiap kesalahan anak-anaknya
Berhati-hatilah meskipun dia sakit dan lelah
Selama kesusahan, semua orang mengambil sampah di lengannya
Sentuhan dan ciumannya adalah obat pereda nyeri terbaik
Jangan pernah mengabaikan atau memberikan sakit jiwa kepada seorang ibu
Dia adalah penghubung antara kemanusiaan dan persaudaraan
Masa lalu, masa kini, dan masa depan mengalir melalui rahim ibu
Tanpa ibu, waktu dan peradaban akan terhenti dengan guntur yang besar.

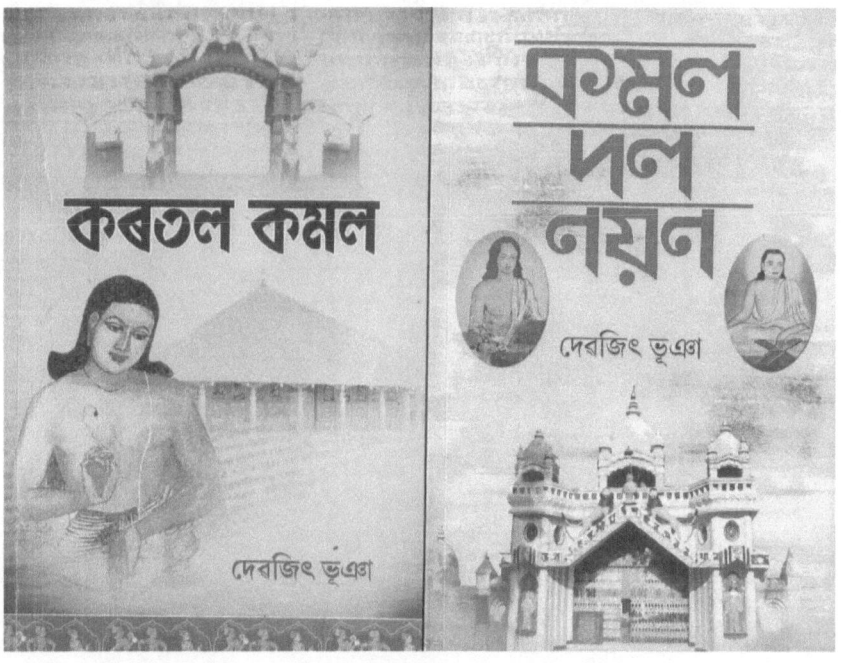

Awan

Ajarkan A-apel, B-ball, C-iklim
Iklim berubah dengan sangat cepat
Hujan deras di bulan Maret
Hujan yang turun terlalu dini merusak pesta
Bahkan di gurun, hujan lebat menimbulkan malapetaka
Namun terhadap perubahan iklim, masyarakat tidak peka
Cloud burst memang sering terjadi
Di perbukitan dan rencana, hal itu membawa kesengsaraan
Gurun pasir, perbukitan, dan dataran tidak ada yang kebal dari perubahan iklim
Arah musim hujan menjadi tidak menentu
Dan tanah subur mengalami kekeringan dan kesakitan
Menghentikan perubahan iklim harus menjadi visi utama.

Penyalahgunaan

Sumber daya di bumi semakin berkurang
Namun populasi homo sapiens terus meningkat
Jangan menyalahgunakan air, jangan menyalahgunakan energi
Jangan menyalahgunakan pakaian, jangan menyalahgunakan uang
Jangan menyalahgunakan pulpen, pensil, kertas dan plastik
Jangan menyalahgunakan gula, garam, dan bahkan satu butir pun
Jangan menyalahgunakan waktu dan ketinggalan kereta
Jutaan orang masih tidur dengan perut kosong
Meminimalkan pemborosan dapat memberi mereka makan dua kali sehari
Bagi Tuhan, mengurangi penyalahgunaan barang bisa menjadi doa yang benar.

Pada suatu ketika

Dahulu kala Assam penuh dengan sumber daya
Tempat tinggal terbatas di kota-kota kecil dan desa-desa
Di taman halaman belakang, banyak pepohonan yang menghasilkan buah-buahan
Kebun dapur penuh dengan sayuran berdaun hijau
Kolam-kolamnya penuh dengan berbagai jenis ikan asli
Tiba-tiba orang bermigrasi dari negara-negara berpenduduk terdekat
Mereka mulai menempati lahan penggembalaan ternak secara gratis
Konflik dimulai antara masyarakat adat dan pendatang
Titik nyala terjadi dengan pembantaian imigran Nelie
Nelie masih menjadi ketakutan dalam sejarah Assam yang damai
Politik merusak ajaran dasar Sankardeva tentang toleransi.

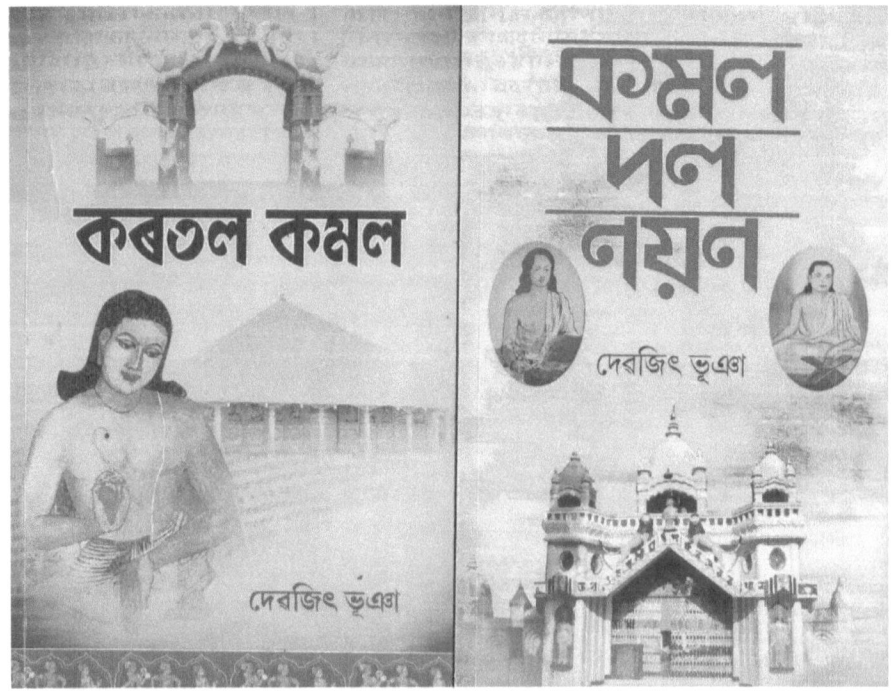

Cinta yang tidak berharga

Cinta telah menjadi komoditas pemasaran yang tidak bernilai
Jika Anda membagikan uang, orang akan menyukai dan mengagumi Anda
Dengan uang, akan ada banyak cinta dan wajah tersenyum
Tapi meroketnya pengeluaran Anda sehari-hari dan festival
Begitu Anda berhenti bermurah hati, sungai cinta akan menjadi kering
Untuk persahabatan dan hubungan, sendirian kamu harus menangis
Tidak ada yang akan mengingat cinta dan perhatian yang Anda lakukan untuk mereka
Setelah Anda berhenti untuk mereka melanjutkan sebagai ayam petelur emas
Lebih baik berkeliling dunia sendirian dan bertemu orang tak dikenal
Anda mungkin memenangkan hati seseorang tanpa mengeluarkan uang sepeser pun
Cinta dari sahabat tak dikenal itu tetap seumur hidup bagaikan madu.

Pemerintahan berkelanjutan Ahom selama enam ratus tahun

Ahom datang ke Assam dari Burma, yang sekarang disebut Myanmar
Dan mendirikan Kerajaan Ahom dengan mengalahkan raja-raja kecil
Mereka memerintah Assam selama enam ratus tahun tanpa gangguan apa pun
Menyatukan semua kelompok etnis kecil untuk menjadikan Assam lebih besar
Wilayah ini makmur dengan pertanian, perdagangan, dan pembangunan istana
Mengetahui tentang kekayaan Assam, Moghul menyerang Assam tujuh belas kali
Namun tidak bisa menaklukkan Kerajaan Ahom, dan lahirlah pejuang legendaris
Pertikaian di antara para pangeran Ahom kemudian menyebabkan jatuhnya kerajaan
Inggris dengan mudah mengalahkan tentara Burma yang menduduki Assam dalam waktu singkat
Sejarah dan kejayaan kerajaan Ahom padam selamanya.

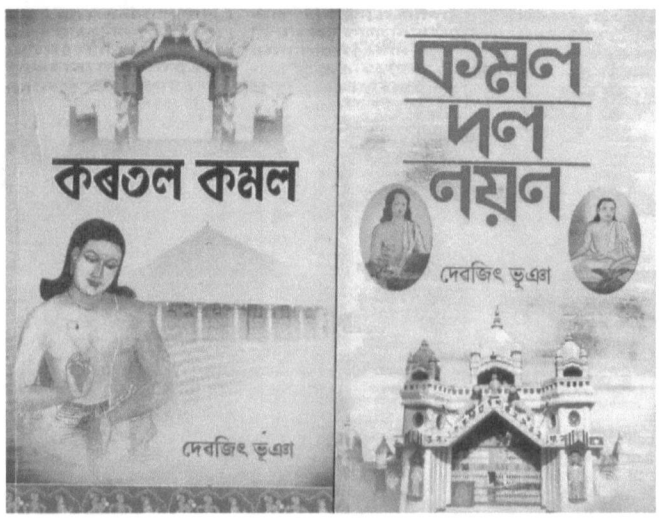

Saya akan sukses

Saya bukan individu yang egois di pulau terpencil
Tanpa masyarakat dan masyarakat, saya tidak mempunyai kedudukan
Itu sebabnya saya selalu dinamis, tidak pernah statis
Dengan kekuatan orang-orang, saya tidak takut
Kita bisa menghancurkan gunung dan menggali sungai baru
Dengan manusia, saya bisa terbang di udara seperti elang
Aku bisa bersinar seperti bulan purnama di langit
Jadi, saya jujur dan berkomitmen pada orang-orang saya
Saya selalu menjalani kehidupan komunitas bersama, itu sederhana
Kerja tim dan bekerja sama adalah jalur kemajuan saya
Itu sebabnya saya yakin dengan kesuksesan saya dan tim.

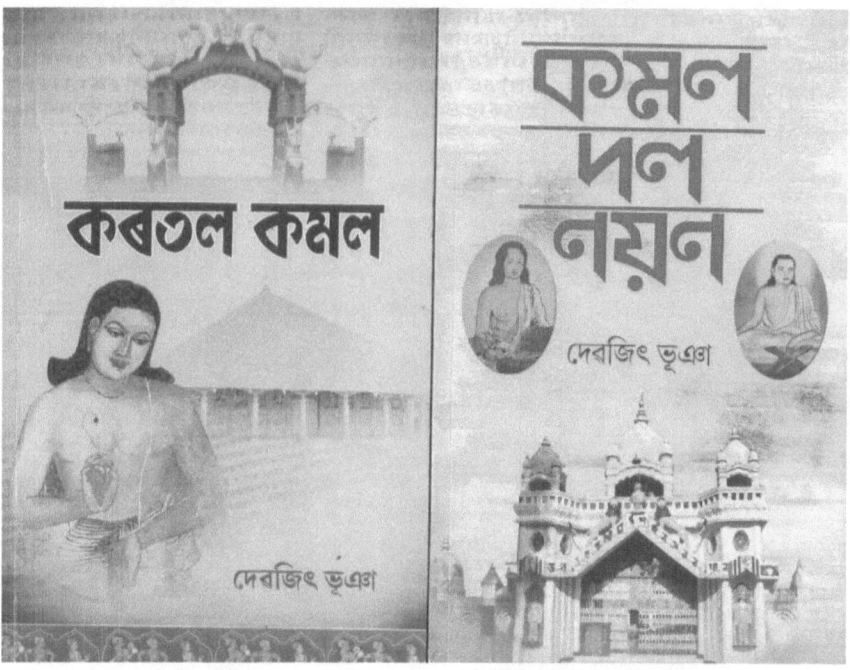

Pohon bunga yang terbakar

Di atas pohon kadam (bunga bakar), elang membuat sarang
Di bawahnya gajah bermain keras dengan gembira dan beristirahat
Induk gajah sedang melihat ke pohon pisang di dekatnya
Betisnya ingin menikmati tanaman pisang kecil yang tumbuh bebas
Beberapa helai kapas kecil beterbangan dari Simalu (bombax-ceiba) datang
Anak sapi itu melompat untuk menangkapnya dan mulai berlari di belakangnya
Mendengar tabuhan genderang sang ibu menjadi berhati-hati
Yang susah payah menuju hutan dan menikmati buah gajah
Di sana pun kapas terbang menyambut mereka dengan warna putih
Inilah waktu yang dinikmati alam bersama semua makhluk.

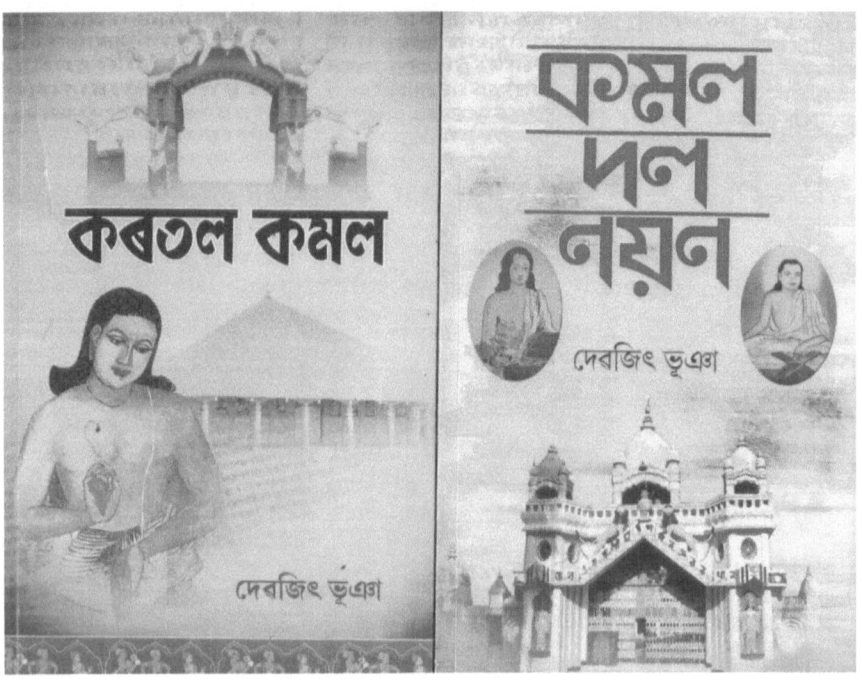

Orang Arab

Samudera Arab sangat besar dan luas
Tapi orang yang berpikiran sempit selalu bertengkar
Sepanjang tahun negara-negara Arab terlalu panas
Ini mungkin menjadi alasan mengapa orang-orang Arab selalu berperang
Hazarat memperkenalkan agama baru untuk membawa perdamaian di wilayah tersebut
Awalnya dia didorong oleh orang-orang yang menganggapnya makar
Padahal belakangan agama Muhammad berkembang pesat
Perdamaian dalam alasan Arab lenyap secara permanen
Perang masih terus terjadi di wilayah tersebut tanpa solusi apa pun
Masyarakat Arab membutuhkan pemikiran modern dengan pembebasan perempuan.

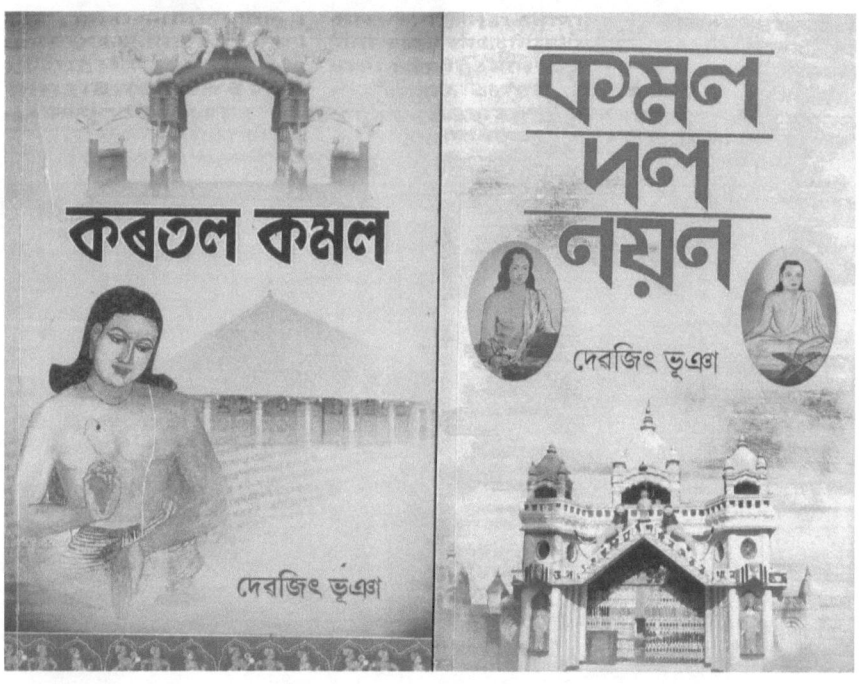

Hutan

Hutan dan hutan harus dikuasai oleh binatang
Bukan oleh makhluk cerdas yang dikenal sebagai homo sapiens
Dunia ini bukan hanya milik satu spesies saja
Setiap spesies berhak untuk hidup dan bertahan hidup di planet ini
Kita mungkin cerdas, tapi kita tidak punya hak untuk menghancurkan planet ini
Keseimbangan ekologi juga diperlukan untuk kelangsungan hidup manusia
Keberadaan hewan di hutan dapat membuat lingkungan menjadi lestari.

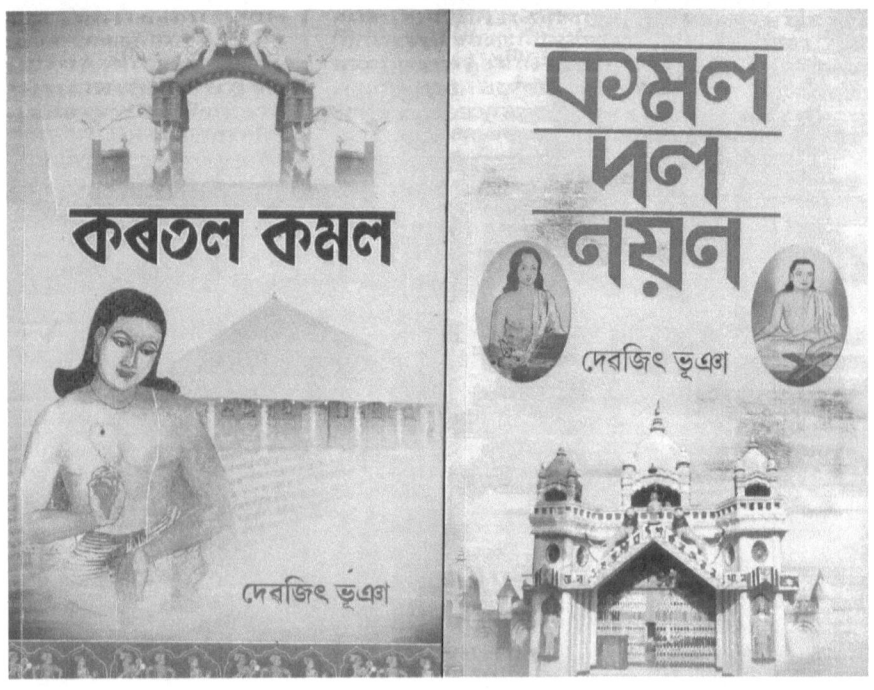

Khaddar (kain khadi)

Dorong kain khadi buatan tangan
Ini baik untuk kulit dan perekonomian India
Di kota-kota dulunya khadi diabaikan
Tapi sekarang orang-orang sadar akan nilainya
Gandhi menyebarkan khadi melalui charkha (roda pemintal)
Khadi membantu perekonomian pedesaan India tumbuh
Ribuan masyarakat pedesaan memiliki arus kas
Khadi memberdayakan perempuan desa
Namun pabrik pemintalan dan poliester memberikan pukulan besar bagi Khadi
Kini perlahan Khadi mulai populer
Dalam sejarah kemerdekaan Khadi akan selalu dikenang.

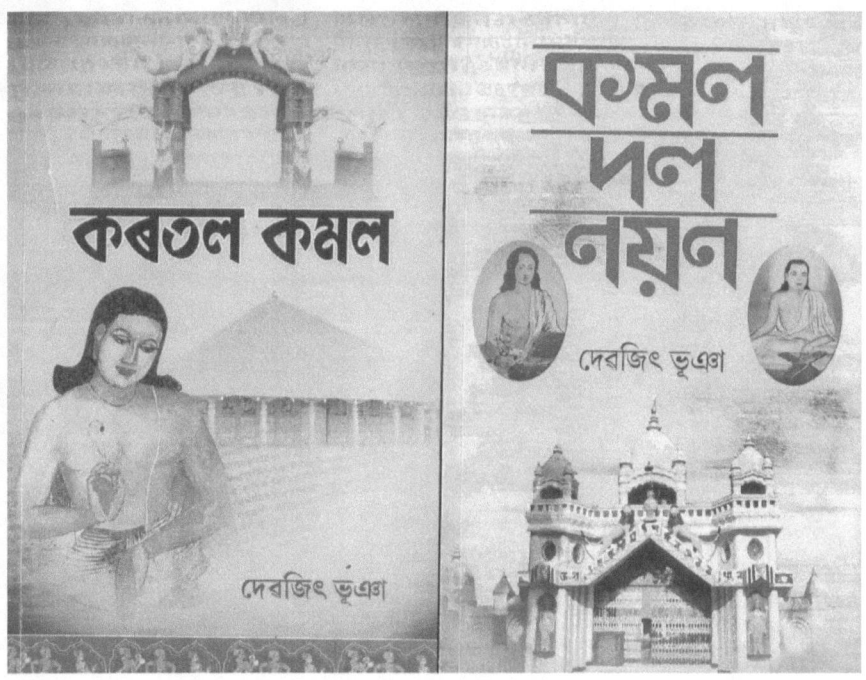

Parfum Assam (minyak Gaharu)

Parfum Assam sangat populer di dunia Arab
Tidak ada tempat lain di dunia yang memproduksi agar-agar jenis ini
Ajmal mencapnya di Arab, Eropa, dan Amerika
Sekarang juga populer di Bangladesh dan Australia
Di hutan Assam tumbuh pohon gaharu
Dengan perkembangbiakan serangga tertentu, minyak agar mengalir
Aroma agar-agarnya unik dan populer di kalangan umat Islam
Semua parfum buatan di dekatnya berdiri pendek dan ramping.

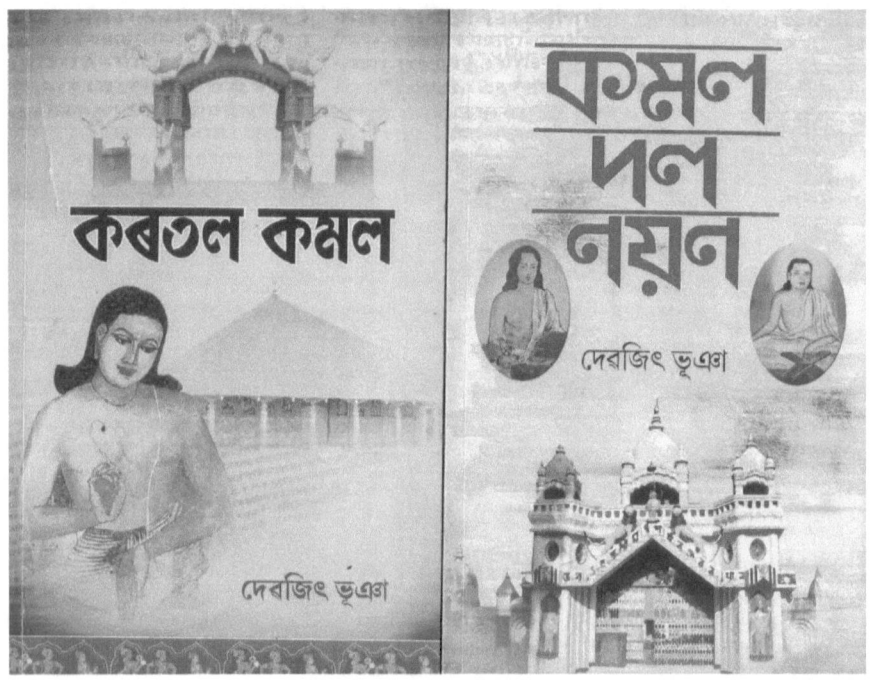

Banjir

Wahai sungaimu yang besar, wahai sungaimu yang dangkal
Jangan membuat kekacauan melalui banjir
Jangan merusak tanaman dan merusak lahan subur
Masyarakat miskin paling menderita karena tindakan Anda
Saat hujan lebat Anda mengambil rute apa pun untuk mengalir
Akibat banjir, banyak peradaban yang terpukul
Padahal sungai merupakan jalur kehidupan peradaban manusia
Hingga saat ini bendungan juga belum mampu memberikan solusi
Beberapa bencana telah terjadi karena jebolnya bendungan
Wahai aliranmu yang besar perlahan-lahan menjadi tenang dan tenang.

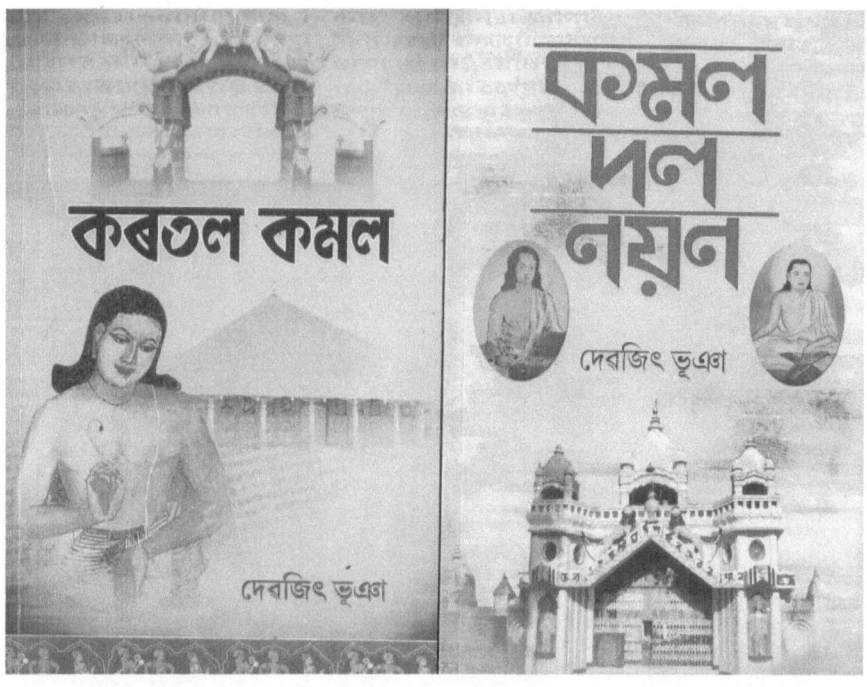

Buah Kerja (Karma)

Setiap orang harus menikmati hasil pekerjaannya, baik buruk maupun baik

Hukum ketiga Newton bersifat universal dan tidak dapat dihindari

Perbuatan baik dan perbuatan baik memberikan balasan yang baik

Perbuatan dan aktivitas buruk akan memaksa Anda menderita

Tidak ada seorang pun yang kebal terhadap akibat atau buah Karma

Lakukan pekerjaan dengan baik, berpikir baik adalah dharma Sankardeva

Berbuat baik kepada manusia, masyarakat dan juga dunia hewan

Pada saat kematian, kedamaian, ketenangan, rasa hormat akan Anda temukan.

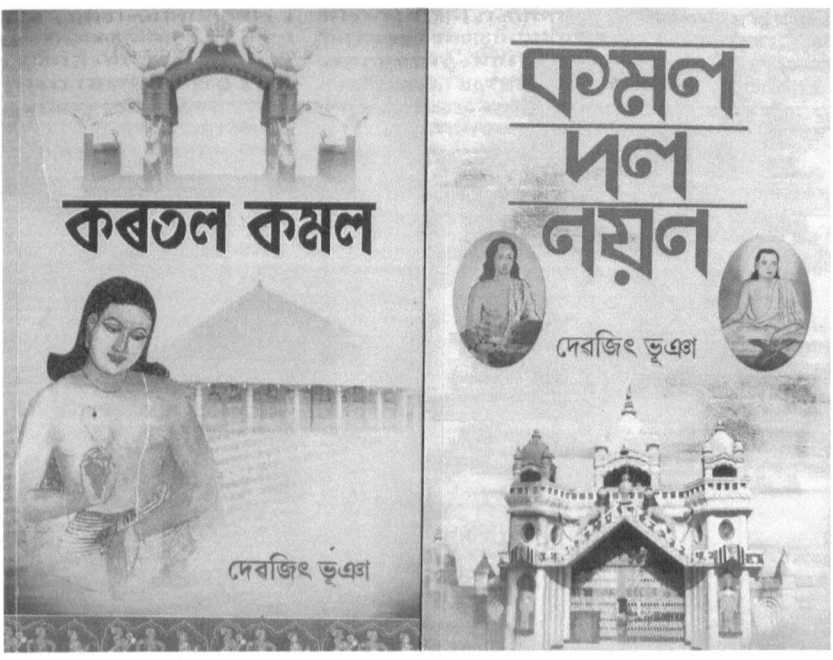

Kecemburuan

Untuk melihat kesuksesan orang lain, jangan iri

Raihlah yang lebih baik, jika tidak hidup akan menjadi tidak berperasaan

Karena cemburu, Anda tidak akan pernah menjadi terkenal

Mengkritik orang lain selalu akan membuat hidup Anda keropos

Daripada terbakar dalam rasa cemburu, bekerjalah dengan sungguh-sungguh;

Kecemburuan dan ego adalah teman jahat Anda

Mereka tidak akan pernah membiarkan Anda menjadi juara

Sebaliknya mereka akan merusak opini teman baik Anda

Untuk sukses dalam hidup, pengasingan kecemburuan, ego adalah solusi yang baik

Menyerahkan teman yang buruk, otak akan memulai simulasi kreatif.

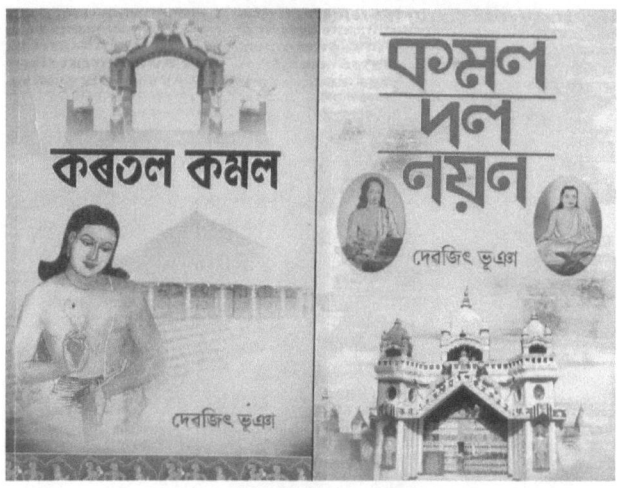

Semuanya akan berjalan seperti biasa

Apakah saya masih hidup atau tidak tahun depan
Bumi akan melakukan rotasi dan revolusinya
Musim akan berganti seperti biasa dengan adanya polusi
Mungkin tidak ada solusi permanen
Namun segalanya akan berjalan seperti biasa tanpa mengganggu apa pun;
Hatiku yang hancur mungkin tidak akan bergabung sampai kematianku
Namun dengan patah hati orang akan tetap menjaga harapan dan keyakinan
Dalam mampu menanggung derita hidup, ada yang akan pamit
Bahkan setelah mengalami kemunduran berulang kali, beberapa orang akan mencoba sekali lagi
Namun demikian, planet ini akan terus bergerak;
Teori-teori baru akan muncul tentang asal usul alam semesta kita
Pandangan para ilmuwan dan filsuf akan beragam
Namun perluasan alam semesta tidak akan berhenti atau berbalik arah
Hukum dasar fisika, alam akan melestarikannya
Satu tahun tidak ada artinya bagi dunia, tapi ingatan kita akan tetap terjaga;
Properti waktu, masa lalu, sekarang dan masa depan tidak akan memungkinkan untuk kembali
Kehidupan akan datang dan pergi seperti berlapis-lapis
Bahkan sejarah peristiwa-peristiwa besar akan bertahan dalam waktu yang terbatas
Inilah keindahan alam dan ciptaan, begitu seimbang dan halus
Ucapkan selamat tinggal pada dua puluh dua puluh tiga dengan kegembiraan dan anggur.

Kura-kura

Dahulu kala lambat dan mantap digunakan untuk memenangkan perlombaan

Karena kelinci yang bergerak cepat memutuskan untuk beristirahat

Namun keadaan kini berubah karena deforestasi

Baik kura-kura maupun kelinci kini kehilangan daya tariknya

Kura-kura bisa menipu rubah pintar dengan menggunakan perisai kerasnya

Namun kura-kura tidak mampu bertahan dan berbuat curang di bidang pertanian

Kura-kura membuka mulutnya pada saat dia harus menutupnya

Terbang di angkasa tanpa sabuk pengaman atau parasut bukanlah hal yang baik

Baik burung bangau maupun kura-kura tidak menggunakan kapas pada telinganya

Menanggapi kebisingan dan sorak-sorai selalu mendatangkan kemarahan atau air mata.

Gagak dan rubah

Rubah menipu burung gagak dan menikmati potongan daging tersebut

Burung gagak membalas dendam dengan melepaskan ayam dari mulut rubah

Melihat burung gagak meminum air dari periuk menaruh kerikil

Rubah mencoba memakan buah anggur dengan melompat beberapa kali tanpa hasil

Burung gagak menertawakan kegagalan tersebut dengan pose trolling dan menghina

Jika elang bisa mengangkat domba, kenapa aku tidak berpikir si gagak

Dia menempel di wol dan bagi rubah, kesenangan yang didapatnya

Rubah berdoa kepada Tuhan agar banjir mengalir di atas pohon bambu

Dimana burung gagak akan hinggap setelah terbang di angkasa bebas

Tuhan menurunkan hujan dan hujan memaksa rubah terapung di air banjir

Rubah menyadari kesalahannya dan berdoa agar cuaca kembali cerah

Kalau tetangganya pintar dan sukses jangan iri

Jika mencoba berkompetisi tanpa memiliki kemampuan, kondisinya akan tidak berperasaan.

Temukan solusi Anda sendiri

Ingin hidup dua ratus tahun?
Jadilah kura-kura atau paus biru dan nikmatilah
Ingin terbang tinggi di langit biru?
Menjadi elang, Anda bisa mencobanya
Ingin berlari cepat demi kesehatan yang baik?
Jadilah seekor cheetah dan Anda akan menjadi yang terdepan
Ingin menjadi tinggi dan terlihat jauh?
Jadilah jerapah dan makan daun dari pohon bicara
Ingin menjalani kehidupan yang bebas dari kendali apa pun?
Jadilah Zebra yang tidak bisa dijinakkan oleh manusia
Ingin bertengkar dan menggonggong pada orang lain?
Jadilah anjing rottweiler dan gigit orang lain
Ingin tidur sepanjang siang dan malam?
Jadilah koala dan tidak perlu bekerja dan berkelahi
Ingin makan lebih banyak dan terlalu banyak?
Bagimu menjadi gajah itu bagus
Ingin bepergian tanpa paspor dan visa?
Menjadi bangau Siberia adalah pilihan terbaik
Tapi karena Anda adalah manusia yang memiliki kecerdasan
Apa yang Anda inginkan dan prioritaskan, Anda temukan solusinya sendiri.

Tidak ada yang akan menarikmu

Tidak ada yang akan membantu Anda ketika Anda jatuh

Semua orang berlari untuk memenangkan mahkota

Dalam keadaan terburu-buru, Anda mungkin akan hancur

Mayat Anda mungkin menjadi batu loncatan

Ingatlah selalu, di dunia yang bergerak ini, Anda sendirian

Tidak ada yang akan datang untuk menyeka air matamu dan mengoleskan balsem

Tinggal sendirian, Anda harus berdiri dan tetap tenang

Pada akhirnya, semua orang akan mencapai tempat yang sama

Sakit, nikmat, air mata semuanya akan sia-sia

Jadi, mengapa mengikuti perlombaan tikus dengan rasa takut terjatuh setiap saat

Ketika Anda mengetahuinya pada akhirnya, kegagalan atau kesuksesan tidak dihitung

Bergerak perlahan dan mantap karena tidak ada ruginya atau keuntungan

Dengan cara ini, selama perjalanan, Anda bisa terhindar dari stres dan rasa sakit.

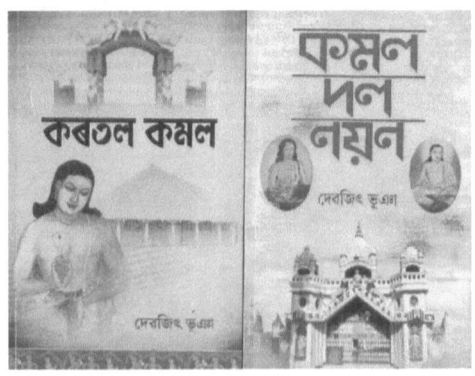

Cemburu, Cemburu, Cemburu

Dia berdoa beberapa tahun memohon berkat Tuhan

Akhirnya Tuhan muncul dan bertanya, 'apa yang kamu inginkan anakku?'

'Saya ingin apa pun yang saya minta, harus segera saya dapatkan'

'Tetapi mengapa kamu memerlukan berkat seperti itu?' tanya Tuhan

'Saya ingin memenuhi keinginan saya untuk menjadi bahagia dan kaya'

Aku bisa memberimu berkah ini dengan syarat saja, tidak mutlak, jawab Tuhan

'Semua kondisi dapat saya terima', hanya memenuhi keinginan saya

'Kamu akan mendapat apa yang kamu inginkan, tapi tetanggamu akan mendapat dua kali lipat'

Namun jika Anda mencoba menyakiti orang lain, semuanya akan hilang, Tuhan memperingatkan

Dapat diterima oleh saya, pria itu berkata, Tuhan berkata 'Amin(তথাস্তু)' dan menghilang

'Izinkan saya memiliki sebuah bangunan indah berlantai dua' pinta laki-laki itu

Seketika kejadian itu menimpa gedung berlantai empat kepada tetangganya

O' Seharusnya aku punya sepuluh mobil cantik di rumahku

Itu terjadi sekaligus dengan dua puluh mobil cantik ke tetangganya

Saya harus memiliki kolam renang di halaman belakang rumah saya

Langsung terjadi dua kolam renang ke tetangga

Dalam waktu seminggu, pria tersebut menjadi frustrasi dan iri terhadap tetangganya

Segera dia menjadi marah melihat kekayaan tetangganya

Berpikir bagaimana cara mengalahkan tetangganya, pria itu menjadi gila dan gila

Ketika dia melihat ke rumah tetangganya, dia menjadi sangat sedih

Tetangga itu sedang berjalan di dekat dua kolam renangnya dengan gembira

Melihat tetangganya yang bahagia, solusi tiba-tiba muncul di benaknya

"Biarlah mata saya yang satu rusak" harap laki-laki itu sambil memandang ke arah tetangganya

Seketika itu juga tetangganya menjadi buta dan terjatuh di kolam renangnya disana

Tetangganya meninggal karena tidak bisa berenang

Laki-laki itu berkata, Ya Allah, ambil kembali nikmatmu.

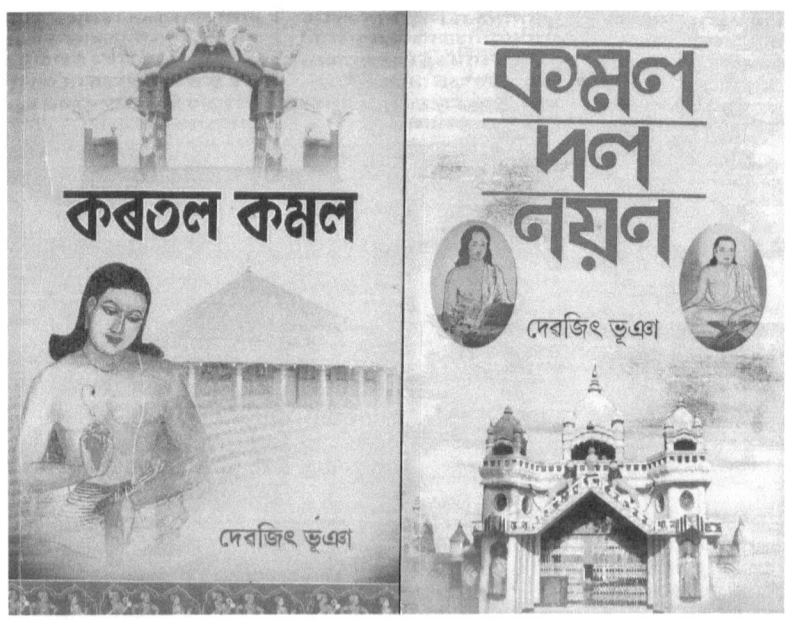

Kematian dan Keabadian

Jika kamu ingin mati, kamu tidak akan mati karena kamu abadi

Jika Anda ingin hidup selamanya, Anda akan mati, karena Anda fana

Naluri dasar hidup adalah hidup dan hidup selamanya

Tapi hukum alam berlawanan, bahkan yang terkuat pun harus mati

Dua kekuatan yang berlawanan, hidup dan mati, terus bekerja

Itulah sebabnya evolusi spesies terus berlanjut dan tidak pernah berhenti

Beberapa akan hidup selama beberapa jam; beberapa akan hidup selama lima ratus tahun

Namun tidak ada satupun yang alam mendapat perlakuan khusus atau menitikkan air mata

Selama Anda masih hidup, dan rigor mortis belum dimulai

Anda tidak fana, dan keabadian belum hilang.

Saya tidak tahu tujuannya

Adalah tujuan hidup untuk menghasilkan keturunan
Atau tujuan hidup adalah untuk melindungi kode genetik?
Adalah tujuan hidup untuk makan makanan yang lebih baik dan tidur nyenyak
Atau tujuannya adalah menciptakan cerita untuk diceritakan kepada generasi berikutnya?
Adalah tujuan hidup untuk mengumpulkan uang dan kekayaan
Dan meninggalkan semuanya pada saat hendak masuk surga atau neraka?
Apakah tujuan hidup adalah mengejar kedamaian dan kebahagiaan
Lalu mengapa dalam hidup ini banyak sekali aktivitas dan bisnis?
Adalah tujuan hidup untuk meminimalkan rasa sakit dan memaksimalkan kenyamanan
Maka hidup dalam keadaan koma akan menjadi pilihan terbaik;
Apakah tujuan hidup adalah untuk hidup dan membiarkan orang lain hidup
Lalu bagaimana kita bisa makan ayam, domba, dan saudara hewan?
Jika berdoa kepada pencipta dan memoles apel kepada Tuhan adalah tujuan
Mengapa nenek moyang kita simpanse uang tidak pernah mengambil kursus ini?
Hidup jika tanpa tujuan atau memiliki tujuan
Menjalani hari ini dengan bahagia dan damai adalah satu-satunya solusi;
Saat kita berusaha mencari tujuan, kita berada di tengah hutan tanpa kompas
Lebih baik jalani hidupmu dengan membangun perjalananmu sendiri tanpa memikirkan jalan buntu.

Kemana uang hasil jerih payah kita hilang?

Sepanjang hidup kita memperoleh energi untuk mengatasi gravitasi dan gesekan

Namun gravitasi nol dan gesekan nol akan mendorong kehidupan ke hibernasi

Elektromagnetisme dan gaya nuklir dengan gravitasi adalah sumber kehidupan

Gesekan penting untuk menavigasi jalan kehidupan material kita

Sebagian besar uang hasil jerih payah kita dikonsumsi oleh gravitasi

Gaun dan hiasan cantik hanyalah pelengkap

Untuk membawa semua barang bawaan tambahan lagi kita harus mengeluarkan tenaga

Permainan dengan gravitasi, elektromagnetisme, dan gaya nuklir adalah kehidupan

Peran gesekan adalah melakukan semua pekerjaan seperti yang dilakukan oleh seorang istri

Mengubah makanan menjadi energi dan menggunakan energi untuk mengatasi kekuatan

Untuk melakukan tugas utama bertahan hidup ini, homo sapiens tidak memiliki sumber alternatif

Pohon mempunyai posisi yang lebih baik dalam hal gravitasi dan gesekan

Bahkan untuk makanan, fotosintesis adalah rahasia unik dan solusi mudahnya.

Si luwak

Dia tidak mengenal rasa benci, iri hati atau rumitnya kehidupan manusia

Dia hanya mencintai tuannya dan anak mereka dari lubuk hatinya

Tidak ada motif tersembunyi atau kepentingan pribadi dalam cinta dan kesetiaannya

Dia adalah binatang dengan naluri binatang dan di atas pikiran manusia yang kejam

Jadi, dia berjuang mati-matian untuk menyelamatkan nyawa anak majikannya

Dan dia berhasil karena integritas dan cintanya kepada tuannya

Dedikasi dan kemauannya yang jelas untuk melindungi teman mudanya

Namun pikiran manusia yang kompleks dan terikat selalu berpikir negatif terlebih dahulu

Melihat darah di tubuh luwak itu wanita itu langsung membunuhnya

Karena pada awalnya positif dan baik, sangat sedikit manusia yang bisa berpikir.

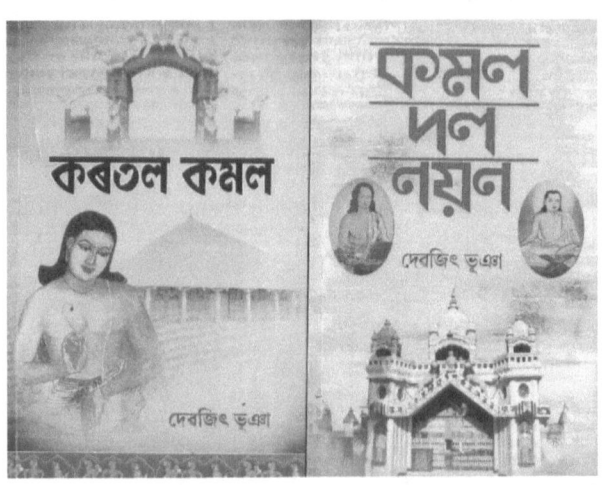

Berkat Tuhan

Berkat Tuhan itu seperti penilaian internal dan nilai sesi

Jika Anda berdoa, melakukan puja dan memberinya uang atau emas, Anda mendapat berkah

Jika Anda tidak melakukan semua hal ini, Anda akan tetap hidup, namun kesuksesan akan tertunda

Namun, tanpa berdoa Anda juga bisa lulus ujian dengan bekerja keras pada teori

Tanpa semir apel juga banyak orang yang menulis cerita lebih baik

Orang-orang yang berdoa setiap hari juga meninggal karena penyakit dan kecelakaan

Bagi mereka yang bukan penyembah, hidup dan mati mempunyai unsur yang sama

Tidak mengerti mengapa para makelar agama lebih mementingkan doa

Tidak ada seorang pun yang pernah melihat Tuhan di mana pun dalam wujud seorang pengemis yang lapar

Bukti ilmiah mengenai inkarnasi Tuhan dalam bentuk materi jarang ditemukan

Untuk mendapatkan rahmat Tuhan, kejujuran, kebenaran, integritas adalah bahan yang lebih baik.

Lebih baik, menjadi kayu mati

Aku adalah kayu mati, tergeletak di bawah matahari dan bulan
Membusuk dengan cepat untuk segera diserap oleh ibu pertiwi
Namun bagi lumut, jamur, mayatku adalah suatu anugerah
Memberi mereka makanan dan nutrisi bahkan setelah kematian
Bagi mereka, saya adalah pembawa obor untuk jalan masa depan
Hingga aku benar-benar tenggelam dalam tanah dan menjadi bagiannya
Kehidupan baru gulma dan serangga akan semakin banyak
Suatu hari nanti ada burung yang akan menjatuhkan benih spesiesku di sini
Aku akan tumbuh kembali sebagai pohon besar, dan burung-burung akan berbagi dahan
Dalam prosesnya saya adalah manusia abadi, dan terhadap pohon semua harus peduli.

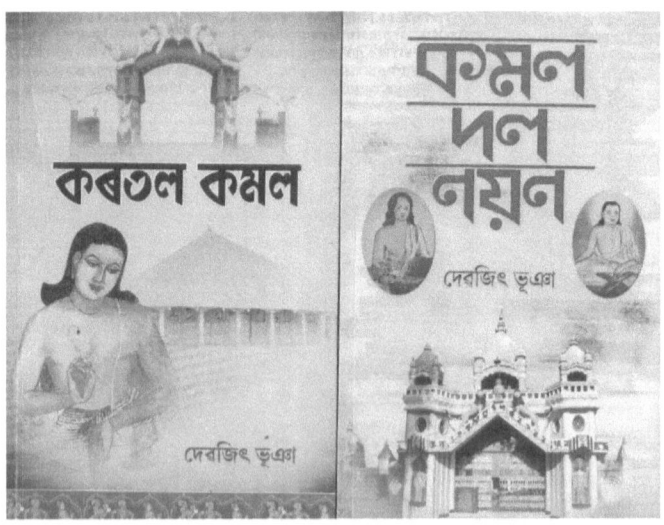

Saya hidup dengan zombie

Saya tinggal di kawanan zombie
Kecanduan keserakahan akan uang dan nafsu
Sistem nilai mereka sudah busuk karena karat
Tidak bersedia membersihkan debu yang menumpuk
Hanya dengan uang, mereka memiliki keyakinan dan kepercayaan
Tujuannya adalah mengumpulkan kekayaan dan keabadian
Dalam mengejar hidup selamanya, kehilangan moralitas
Demi satu-satunya tujuan mereka, mereka akan melepaskan integritas
Tidak ada yang bisa mengubah sikap kawanan
Buddha, Yesus dan yang lainnya menjadi lelah
Ribuan bangsawan meninggal dan pensiun
Namun, karena keserakahan dan nafsu, para zombie tidak lelah.

Dan hidup berjalan seperti ini

Senin, Selasa, Sabtu dan minggu itu berlalu
Suatu pagi yang cerah, adalah waktu pembayaran iuran bulanan
Januari menjadi Februari dan Maret, tiba-tiba Desember berubah
Waktu terus berjalan menunggu bus dan kereta
Menunggu di ruang tunggu bandara hanya membuang-buang waktu di baling-baling
Berjam-jam perjalanan panjang untuk mencapai tujuan tidak ada gunanya
Kita menghabiskan sepertiga hidup kita di tempat tidur dengan selalu tidak tahu apa-apa
Enam jam mempelajari hal-hal yang tidak perlu dalam kehidupan siswa tidak ada nilainya
Menunggu di luar ruang dokter, kami menyadari, waktu berjalan lambat
Berapa bulan yang kami habiskan di antrian tidak ada yang menghitung
Tiga jam di ruang ujian sejak kecil adalah jumlah yang besar
Berapa banyak waktu yang kita gunakan untuk diri kita sendiri untuk membuat hidup lebih baik tidak pernah kita hitung
Dalam siklus yang sama, kita bergerak berputar-putar
Tidak ada manusia yang merupakan planet, yang terikat untuk bergerak mengelilingi matahari dalam waktu tertentu
Jika Anda tidak bisa keluar dari rutinitas yang nyaman, bagi Anda tidak ada sinar matahari
Berlari dalam perlombaan untuk meraih kesuksesan ilusif dan bertepuk tangan
Untuk menjalani hidup Anda sendiri dengan cara Anda sendiri yang unik, Anda tertinggal
Ketika waktu telah berakhir, dan Anda pasti akan masuk ke dalam kubur
Anda sadar, saya tidak pernah berpikir berbeda karena saya pemalu, tidak berani.

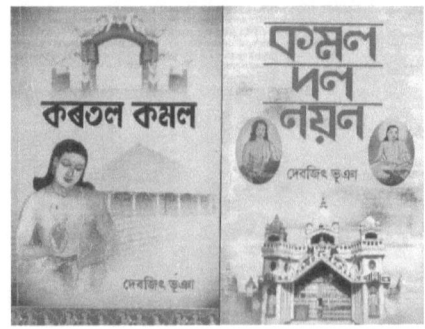

Patah hati

Ketika tiba-tiba hati hancur
Beberapa orang menjadi mabuk
Namun obat ini belum terbukti
Hidup Anda dengan mudah bisa dicuri
Setiap saat, apa pun bisa terjadi;
Lupakan masa lalu dan move on itu mudah diucapkan
Tapi semua orang tidak bisa menjadi gay
Untuk patah hati, ada harga yang harus kita bayar
Saat kita berpikir dalam kesendirian, kita bisa menemukan jalan
Matahari setiap pagi mengirimkan kita harapan dan sinar baru;
Ketika hati hancur, beberapa orang melakukan bunuh diri
Namun saat masa duka, jangan cepat mengambil keputusan
Lihatlah penderitaan dan kesakitan orang-orang di luar
Meski sudah putus asa, perlahan rasa sakit akan mereda
Solusi dari semua masalah, hanya akan Anda temukan di dalam.

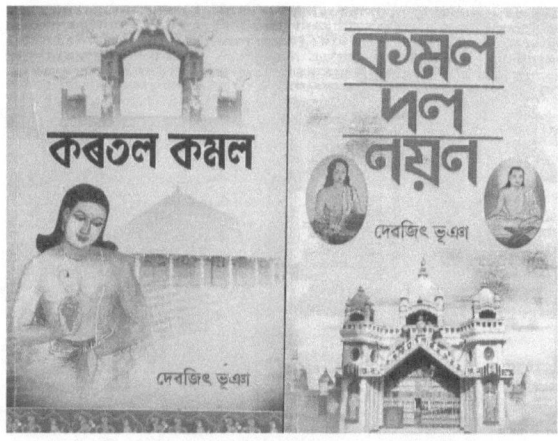

Teknologi yang Tak Terbendung

Peradaban telah berubah karakternya

Masyarakat kini lebih terinformasi dan cerdas

Sulit menyebarkan agama melalui kekuatan pedang

Anda juga tidak bisa memaksakan komunisme melalui senjata

Namun pembajakan demokrasi oleh militer tidak jarang terjadi

Beberapa orang masih belum menerima prinsip hidup berdampingan

Untuk melindungi keyakinan mereka, di seluruh dunia, kita melihat perlawanan

Namun perkembangan peradaban terus berlanjut dengan kegigihan

Teknologi, sebagai gelombang pembawa, tidak pernah peduli dengan batasan

Dan kini melanda umat manusia seperti kebakaran hutan, tak terbendung

Segera semua kejahatan sistem sosial yang terpecah-belah akan menjadi puing-puing.

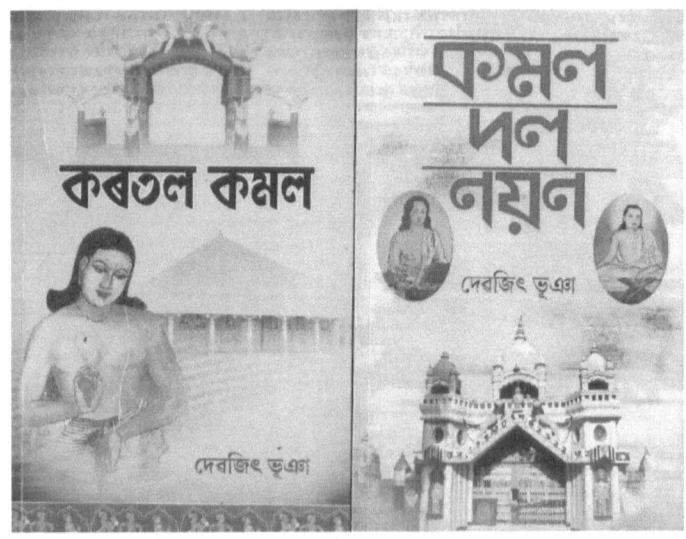

Ketidaksetaraan jenis kelamin

Dia menyeka air matanya di bawah burka dan melihat ke langit

Empat anak kecil sedang menarik pakaiannya

Baru enam tahun yang lalu dia meninggalkan ibunya

Dia menangis dan menangis, tetapi tidak ada yang mendengarkannya

Menjadi anak tertua dari sepuluh bersaudara, harus menerima nikah

Tanggung jawabnya juga terletak pada keenam saudara perempuannya

Bagaimana mereka bisa menikah, yang sulung hadir di rumah

Dia baru berusia tiga belas tahun, ketika penetrasi dilakukan pertama kali

Masih ingat betapa takutnya dia memandang suaminya

Tiga istri pria lainnya juga memandangnya dengan sedih

Tapi mereka tidak punya pilihan selain mengirimnya ke kamar baru

Kini keempat wanita itu hidup bersama dengan rasa benci dan cemburu

Karena mereka mempunyai anak-anak yang harus diberi makan dan dididik

Berharap hal serupa tidak terjadi pada mereka, suatu saat matahari akan terbit

Dan dunia akan terbebas dari ketidaksetaraan gender atas nama Tuhan.

Suatu hari nanti, tidak akan ada langit-langit kaca

Suatu ketika, dia terpaksa mati di tempat kremasi
Mereka memainkan musik dan drum yang keras, tidak mendengarkan suaranya yang menyakitkan
Dia diperlakukan seperti budak dan pekerja terikat untuk melayani laki-laki
Bahkan ratu pun tetap menutup matanya sepanjang hidupnya, karena raja buta
Dia dibuang tanpa alasan dan logika apapun hanya untuk memuaskan ego laki-laki
Bahkan dia tidak bisa menyebut nama suaminya di antara orang-orang
Dia hidup seperti burung yang dikurung di rumahnya, dan bertelur untuk melestarikan DNA
Para calo agama bahkan melarangnya memasuki kuil
Namun keberaniannya membawa terang peradaban tak pernah lumpuh
Itu sebabnya, tetap saja suatu negara kita sebut sebagai bahasa ibu pertiwi dan bahasa ibu
Dia sekarang keluar dari kandang di udara terbuka, namun banyak ketinggian, dia harus terbang
Suatu hari nanti tidak akan ada diskriminasi gender dan langit-langit kaca akan hilang
Martabat keibuan dan keindahan feminitas tidak akan bisa dinodai oleh siapa pun.

Tuhan tidak tertarik dengan rumah doanya

Dunia ini penuh dengan masjid, gereja, dan kuil

Namun perdamaian dan persaudaraan di dunia sering kali melumpuhkan

Solusi terhadap kemanusiaan yang bebas kekerasan dan perang tidaklah sederhana

Atas nama Tuhan semua agama berbuat curang dan menggiring bola

Bahkan di bulan suci Ramadhan, orang-orang membuat masalah;

Tuhan tidak pernah mencoba melindungi rumah doanya dimanapun di dunia

Terhadap masjid, gereja, kuil yang hancur, dia bersikap dingin

Untuk menghentikan pembunuhan atas nama Tuhan, dia tidak pernah berusaha berani

Melalui evolusi dan proses alami, segalanya terungkap

Suatu hari nanti gagasan tentang Tuhan yang pasif dan tidak aktif akan tetap tidak terjual;

Pemisahan umat atas nama Tuhan, memberikan kesengsaraan bagi umat manusia

Kota-kota yang disebut suci telah membuka perbendaharaan yang menguntungkan

Untuk membeli amunisi senjata, para pemuka agama melakukan riba

Saat ini, tempat-tempat keagamaan menjadi tempat berkembang biaknya terorisme dan kekerasan

Satu-satunya pengecualian adalah biksu Buddha yang memiliki biara.

Tentang Penulis

Devajit Bhuyan

DEVAJIT BHUYAN, berprofesi sebagai insinyur kelistrikan dan penyair dari hati, mahir mengarang puisi dalam bahasa Inggris dan bahasa ibunya Assam. Dia adalah rekan dari Institution of Engineers (India), Administrasi Staff College of India (ASCI) dan anggota seumur hidup Asam Sahitya Sabha, organisasi sastra tertinggi di Assam, negeri teh, badak, dan Bihu. Selama 25 tahun terakhir, ia telah menulis lebih dari 70 buku yang diterbitkan oleh berbagai penerbit dalam lebih dari 45 bahasa. Total bukunya yang diterbitkan dalam semua bahasa berjumlah 157 dan terus bertambah setiap tahun. Dari buku-bukunya yang diterbitkan, sekitar 40 buku puisi Assam, 30 buku puisi bahasa Inggris, dan 4 buku untuk anak-anak, dan 1, sekitar 10 buku dengan topik berbeda. Puisi Devajit Bhuyan mencakup segala sesuatu yang tersedia di planet bumi kita dan terlihat di bawah matahari. Dia telah mengarang puisi mulai dari manusia, hewan, bintang, galaksi, lautan, hutan, kemanusiaan, perang, teknologi, mesin, dan segala sesuatu yang bersifat material dan abstrak. Untuk mengetahui lebih banyak tentang dia silakan kunjungi *www.devajitbhuyan.com* atau lihat saluran YouTube-nya *@careergurudevajitbhuyan1986*.

www.ingramcontent.com/pod-product-compliance
Lightning Source LLC
LaVergne TN
LVHW041850070526
838199LV00045BB/1525